RALF STRACKBEIN

Tristan Irle – Nachtfrost

In dieser Reihe bereits erschienen:

Tristan Irle und der Rubensmord; Tristan Irle - Eine Leiche auf der HTS; Tristan Irle - Mord Pur; Tristan Irle - Die Abseitsfalle; Tristan Irle - Das sexte Gebot; Tristan Irle und das Rathauskomplott; Tristan Irle - Der Braumeister; Tristan Irle - Gegen den Strich; Tristan Irle - Tödliche Doktorspiele; Tristan Irle - Siegener Maskerade; Tristan Irle - Eisenhart; Tristan Irle - Die Fürstenjagd; Tristan Irle - Lokalzeit; Tristan Irle - Baum fällt!; Tristan Irle - Die zitternden Tenöre; Tristan Irle - Der Killersteig; Tristan Irle - Locht ein!; Tristan Irle hat Lampenfieber; Tristan Irle und der Grabräuber; Tristan Irle - Wo ist Marlowe?; Tristan Irle - Der Bienenstich; Tristan Irle serviert kalte Platte; Tristan Irle - Die letzte Filmklappe; Tristan Irle trifft den Wisent; Tristan Irle - Sturmwind; Tristan Irle - Der Missionsbefehl; Tristian Irle - Der Luther-Anschlag; Tristan Irle - Die Killer-OP; Tristan Irle - Das Pferdegrab

Außerdem erschienen:
Der Billy-Code, Mord im schwedischen Möbelhaus
Wolkenmord, 12.000 Meter über Afrika
Das Aschebuch
Die ägyptische Totenbarke
Der Eiskanal

Hörbücher:
Tristan Irle serviert kalte Platte
Tristan Irle - Die letzte Filmklappe

Der Autor:

Ralf Strackbein studierte Literaturwissenschaft, Politikwissenschaft und Angewandte Sprachenwissenschaft. Er beendete sein Studium erfolgreich als Master of Arts (Magister Artium). Er schrieb während des Studiums als Freier Mitarbeiter Reportagen und Filmkritiken für eine große Tageszeitung. Gegen Ende des Studiums veröffentlichte er seinen ersten Kriminalroman „Tristan Irle und der Rubensmord". Die Romanreihe umfasst mittlerweile 30 Tristan-Irle-Krimis. 2012 wird er als „Sprachvorbild" vom Verein Deutscher Sprache ausgezeichnet. Der Autor lebt in Siegen.

Ralf Strackbein

Tristan Irle

Nachtfrost

Siegerland-Krimi

Magolves-Verlag
Siegen

Auch im Internet unter:

www.magolves.com

Deutsche Erstveröffentlichung
1. Auflage
Oktober 2020
Magolves-Verlag, Siegen

Umschlag: Aquarell „Winterhütte“,
Anja Georg, 2012 und Ralf Strackbein
Satz und Buchherstellung:
Vorländer GmbH & Co. KG, Siegen

ISBN: 978-3-935378-46-8

Das Buch wurde auf chlorfrei gebleichtem Papier gedruckt.

Alle beschriebenen Charaktere sind erfunden. Jede Ähnlichkeit mit realen Tatbeständen, lebenden oder juristischen Personen, Örtlichkeiten, Körperschaften, Unternehmen, Gesellschaften oder Organisationen, natürlichen und übernatürlichen Hierarchien, ist rein zufällig.

Kreis Siegen-Wittgenstein

Übersichtskarte

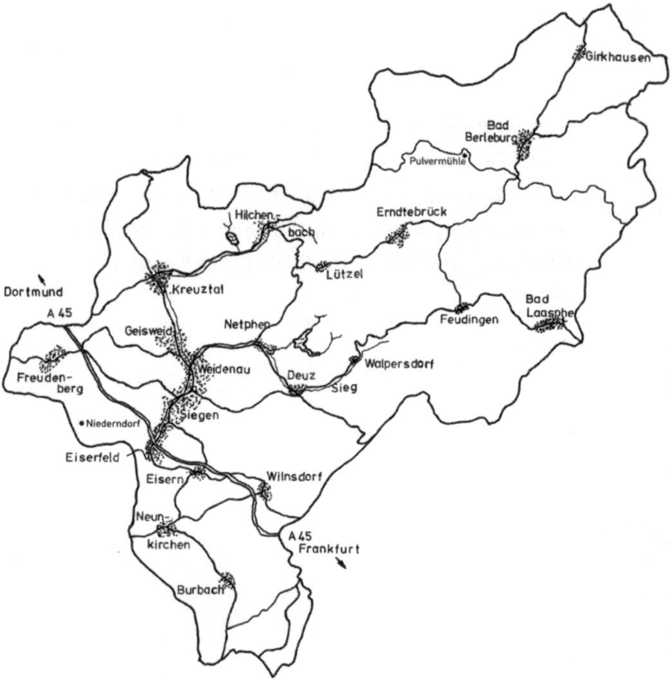

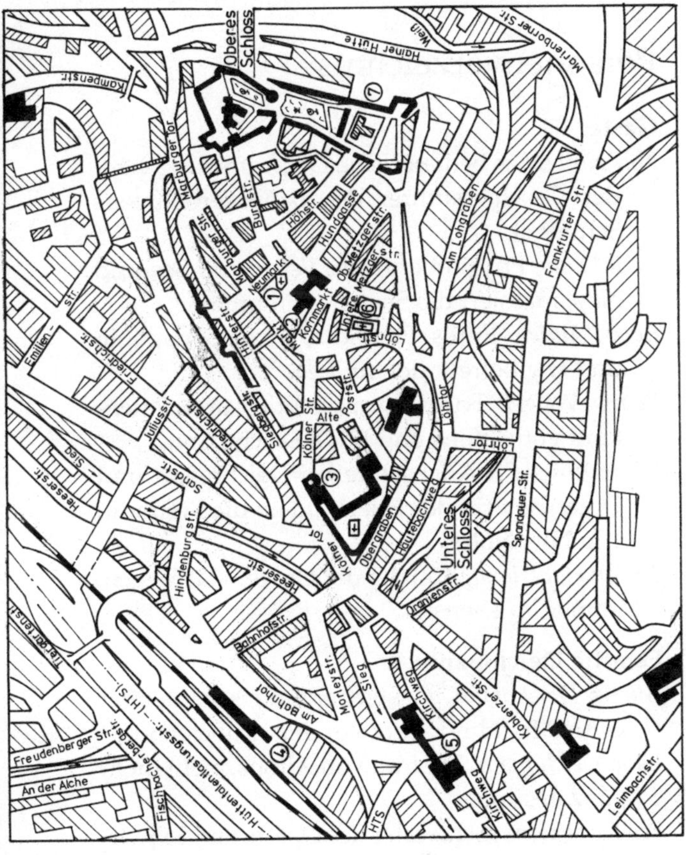

1 Nikolaikirche

2 Rathaus I und Marktplatz

3 Dicker Turm mit Glockenspiel

4 Hauptbahnhof

5 Landgericht

6 Marienkirche und Tristans Zuhause

7 Schlosspark

Personenverzeichnis:

Gäste:

Nils Nolte, das bedauerliche Opfer und angehender Geschäftsführer des Bauunternehmens Schungel,

Emil Daub, Physiotherapeut, Vetter von Bea und Nils, massiert die Siegener Prominenz,

Coco Müller, Emils Freundin, Sozialpädagogin und eng befreundet mit Bea,

Benno Weigel, Forstwissenschaftler und Patenkind von Alfons und Edda Deichmann,

Joline Jung, PR-Angestellte bei Deichmann und Organisatorin der Feier, zudem die Freundin von Nils Nolte,

Tyrion Haberland, Kanzler der Universität Siegen, immer im Dienst,

Familie Deichmann:

Alfons Deichmann, Gastgeber und scheidender Geschäftsführer, kurz vor dem Ruhestand,

Edda Deichmann, Ehefrau von Alfons, nicht mehr ganz gesund,

Bea Deichmann, Schwester des Opfers und Schwiegertochter von Alfons Deichmann,

Viktor Deichmann, Ehemann von Bea und Nachfolger von Alfons Deichmann,

Familie Schungel:

Hermann Schungel, Bauunternehmer, ebenfalls kurz vor dem Ruhestand, leider verliert er seinen geplanten Nachfolger,

Paula Schungel, Ehefrau von Hermann, für ihr Alter fit,
Robbie Schungel, Sohn und in der Firmennachfolge übergangener Sohn,

Polizei:
Wilhelm Flender, Polizeidirektor im Kreis Siegen-Wittgenstein, Alfons' Freund und nach Langem nochmals als ermittelnder Polizist tätig,
Norbert Pfeiffer, Hauptkommissar, der von seinem Chef beobachtet wird,
Werner Holzbaum, Hauptkommissar, ebenfalls unter Beobachtung,

Team Irle:
Anne Mühlberger, Wirtin im Forsthaus Hohenroth und in Schwierigkeiten,
Helga Bottenberg, Pensions- und Restaurantbesitzerin, Tristans Lebensgefährtin und Annes Retterin dank guter Kochkunst,
Erich Roth, Diakon der Marienkirche, Siegen, dieses Mal als Hilfskellner unterwegs,
Tristan Irle, Privatdetektiv und ebenfalls als Hilfskellner unterwegs,

Marlowe, ein weißer Kakadu, ohne den es keinen Fall gegeben hätte.

Gelände Waldland Hohenroth

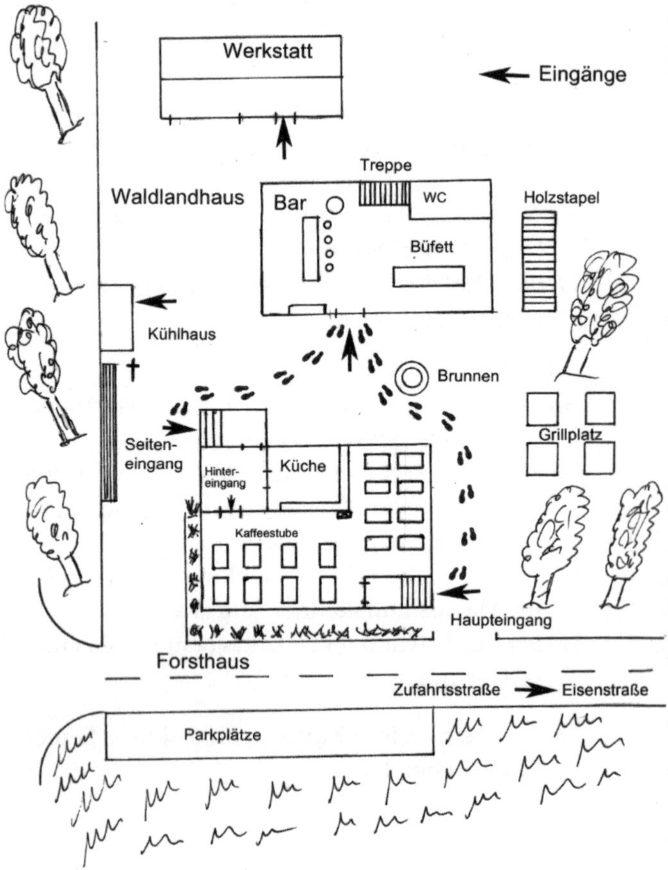

1. Schneeflocken schwebten leise ...

Freitagabend

Schneeflocken schwebten leise aus dem schwarzen Nichts, das sich über den Bergkämmen des Rothaargebirges ausbreitete. Sie begannen sanft zu taumeln, als sie in das Licht der schwachen Glühlampen tauchten, die den Weg zum Forsthaus Hohenroth ausleuchteten. In der verschneiten Baumkrone einer alten Buche, unweit des Forsthauses, saß ein Waldkauz und warnte mit seinem markanten Schrei die Artgenossen. Einige Meter tiefer auf der Zugangsstraße pflügte ein kleiner allradfähiger Fiat Panda über die vereiste Straße durch Schneeverwehungen. Weiße Matschmoränen türmten sich vor den runden Scheinwerfern des Automobils und verdeckten sie zur Hälfte. Helga Bottenberg, eine agile Mittvierzigerin aus dem nahe liegenden Ort Lützel, verlangsamte die Fahrt. Im Schritttempo rollte der Panda nun über den spiegelglatten Zufahrtsweg dem Forsthaus entgegen.

»Fahr vorsichtig!« warnte Tristan Irle, Privatdetektiv, seine Lebensgefährtin Helga.

»Na, was denkst du, mache ich hier!« knurrte sie und wischte eine ihrer störrischen Locken aus dem Gesicht.

»So einen Schneesturm hatten wir schon lange nicht mehr«, brummte eine sanfte Baritonstimme aus dem Fond des Kleinwagens. Erich Roth, Diakon der Marienkirche in Siegens Altstadt, kauerte auf der Rückbank wie eine Sardine in einer Büchse. »Warum sitze ich noch mal hier hinten?«

»Weil du ein guter Freund bist«, antwortete Helga mit einem breiten Grinsen, das Erich im Rückspiegel des Pandas deutlich erkennen konnte.

Helga Bottenberg, Pensions- und Restaurantbesitzerin, hatte Anne Mühlberger Hilfe zugesagt. Anne Mühlberger führte das Café Hohenroth und hatte sich mit einer Veranstaltung übernommen, bei der sie jetzt dringend Unterstützung benötigte. Helgas Restaurant lag nur wenige Kilometer Luftlinie entfernt auf der Ginsberger Heide, und da sie in guter *Sejjerlänner* Tradition niemanden abwies, der um Hilfe anfragte, lenkte sie nun den „Hilfstransport“ durch eine kalte Winternacht. Der Kleinwagen platzte förmlich aus seinen Schweißnähten. Mit drei Erwachsenen, einem Kakadu, der auf Tristans Schoß mühsam Halt fand und Dutzenden Proviantkisten, die jeden freien Raum im Auto einnahmen, war das Gefährt völlig überladen. Was allerdings einen ordentlichen Reifenkontakt zum Boden, genauer zum vereisten Straßenbelag, ergab und damit die Fahrt des Kleinwagens durch die Siegerländer „Rocky Mountains“ erst ermöglichte. Die schmalen Räder frästen sich durch die Schneehindernisse und hafteten auf eisigem Grund, als hätte die norwegische Straßenwacht das Fahrzeug ausgestattet.

Helga passierte eine offene Schranke, die das Gelände rund um das Forsthaus, das Waldlandhaus und die Forstwerkstatt vom offiziellen Parkplatz trennte.

»Danke, Erich, dass du helfen willst«, sagte Helga und erblickte das hell erleuchtete Seminar- und Ausstellungsgebäude, das als Waldlandhaus bezeichnet wurde. Der frühere Stall war umgebaut worden und diente heute als Begegnungsstätte und Festsaal.

»Findet dort die Veranstaltung statt?« fragte Tristan und deutete auf den ehemaligen Stall, der sich hinter dem Forsthaus deutlich abhob.

»Ja«, nickte Helga und erklärte: »Beim Umbau des Stalles entschloss man sich, eine Decke einzuziehen, sodass zwei Etagen entstanden. Oben befindet sich ein großer Saal, den man als Seminar- oder Festsaal nutzen kann, außerdem ist dort eine kleine Küche angeschlossen. Unten gibt es einen Ausstellungsbereich, einen Medienraum und die Toiletten. Nebenan im Forsthaus befinden sich das Café mit einer Küche, eine Ferienwohnung und noch ein paar Kellerräume, die das Forstamt nutzt. Aber die Küche ist für die Zubereitung von Speisen für so viele Gäste nicht geeignet, deshalb habe ich in meiner Küche Essen vorbereitet.«

Erich blickte auf die Lebensmittel neben sich und meinte: »Und, du brauchst uns wofür noch mal?«

»Anne hat nicht genügend Servicekräfte«, antwortete Helga mit zusammengepressten Lippen. »Sie sind krank geworden.«

»Das hört sich an, als glaubst du ihr nicht«, bemerkte Tristan freundlich.

»Ja, das tue ich! Was ist das für eine Wirtin, die nicht genügend Servicekräfte bereithält?« schimpfte Helga. »Gerade in den Jahreszeiten, wo Erkältungen üblich sind! Ich denke, sie hat sich nicht um zusätzliche Servicekräfte gekümmert und dann sind ihre Leute krank geworden. Mir sind ja in der Pension und im Restaurant auch zwei ausgefallen.«

»Verstehe, deshalb helfen wir dir hier im Niemandsland aus«, lächelte Tristan. Das Lächeln wirkte ein wenig gequält.

»Warum helfen wir nicht im Restaurant auf der Ginsberger Heide?« wagte Erich zu fragen.

»Seid ihr verrückt«, stieß Helga entsetzt aus. »Ich will euch auf die Finger schauen!«

»Sie traut uns nicht«, stellte Tristan nüchtern fest.

Der kleine Panda hielt vor dem ehemaligen Forsthaus. Die Sprossenfenster des Cafés leuchteten in einem weichen Licht und wirkten wie Scheinwerfer, die gegen die kalte, dunkle Umgebung ankämpften. Äste knarrten bedrohlich im auffrischenden Wind und die Schneeflocken wuchsen zu fetten, schweren Eiskristallen heran.

»Beeilen wir uns mit dem Ausladen«, sagte Helga nachdenklich, »der Empfang soll um halb sieben losgehen.«

»Bist du sicher, dass die Gäste das Forsthaus auch erreichen?« fragte Tristan und nahm den Kakadu auf den Arm.

»Ich denke, das werden sie«, antwortete Helga und deutete auf eine Scheinwerferkette, die sich langsam von der Eisenstraße durch die Dunkelheit auf sie zubewegte.

»Was machen wir mit Marlowe?« Tristan blickte besorgt zu dem weißen Kakadu, dem das Wetter gar nicht gefiel.

»Ich habe Anne Bescheid gegeben. Sie hat die Kaffeestube so weit aufgeräumt, dass Marlowe keinen Schaden anrichten kann«, Helga schlug den Kragen ihrer Jacke nach oben. »Setz ihn in der Kaffeestube ab und hilf uns dann.«

Der Privatdetektiv nickte und trug sein Haustier in die Kaffeestube. Dort kam ihm Anne Mühlberger entgegen. Die Wirtin des Forsthauscafés lächelte, doch ihre braunen Augen verrieten einen Hauch von Panik. Tristan kannte diesen Blick. Er verriet dem Detektiv, dass die Gemütsverfassung der Wirtin mit einem Soufflé zu vergleichen war. Ihre innere Anspannung glich den Soufflé-Zutaten, die sich noch nicht entschieden hatten, ob sie fluffig-leicht aufgehen oder mit einem lauten Pupser in sich zusammenfallen sollten. Die Wirtin trug rotbraun gefärbte schulterlange Haare zu einem Pferdeschwanz zusammengebunden.

»Sie müssen Tristan sein! Helga versprach mir, dass der Kakadu an seinem Platz bleibt!« Sie sah den Detektiv fragend an.

»Ja, sicher«, beeilte sich Tristan zu antworten.

»Gut, ich habe auch die Eulenstatue abgedeckt, die da hinten auf dem Tisch steht«, sie deutete auf einen Gegenstand, der mit einem Tischtuch verdeckt war. »Manche Tiere, besonders Hunde, reagieren aggressiv auf die Holzfigur.«

»Gute Idee, sie abzudecken«, nickte der Detektiv.

»Setzen Sie den Vogel einfach auf einer Lehne ab«, sagte sie und eilte nach draußen.

Marlowe wechselte widerwillig von Tristans Arm auf eine Stuhllehne. Der angehende Aushilfskellner ließ den Kakadu allein zurück und wandte sich zum Ausgang. Auf der Eingangstreppe kam ihm Erich entgegen. Bepackt wie ein Lasttier schob der Zwei-Meter-Mann sich an ihm vorbei. Helga stand am offenen Kofferraum und reichte Anne weitere Tüten mit kleinen, mittleren und großen Tupperdosen sowie anderen Behältnissen.

Die Scheinwerferkette passierte die offene Schranke. Tristan stellte sich neben Anne, die mit akrobatischem Geschick die verpackten Lebensmittel ins Café balancierte. Helga drückte dem Detektiv einen vollen Korb in die Hand, der so schwer war wie ein Zementsack und schloss den Kofferraum.

Die Schweinwerferkette passierte die beiden. Ein Edel-SUV nach dem anderen rollte an ihnen vorbei und bog hinter dem Forsthaus ab.

2

Zwischen Forsthaus und Waldlandhaus lag ein gepflasterter Hof. Vom wasserdurchlässigen

Pflaster war bei der Schneedecke allerdings nicht viel zu erkennen. Eine einzelne Straßenlaterne leuchtete über dem kleinen mit Holz vertäfelten Kühlhaus, das am Rande des Hofes stand. Es war die einzige Lichtquelle im hinteren Bereich der Anlage. Die kleine Lampe gab alles, um gegen die Finsternis des angrenzenden Waldes anzustrahlen. Dank Millionen reflektierender Schneekristalle gelang ihr das beeindruckend gut.

Die Reifen der Geländewagen knirschten im Schnee, als die Boliden zum Stehen kamen. Die Türen wurden aufgestoßen und festlich gekleidete Menschen eilten durch den Schnee auf den gläsernen Eingang des Waldlandhauses zu. Sobald ein Wagen seine Passagiere ausgespuckt hatte, rollte er vom Hof und der nächste SUV fuhr vor den Eingang. Das wiederholte sich minutenlang, bis der letzte SUV den Hof verließ.

Im Foyer des Waldlandhauses begrüßte Alfons Deichmann mit einem breiten Lächeln seine Gäste. Der Siegerländer Unternehmer trug einen Maßanzug aus feinstem englischen Tuch, ein weißes Hemd, das er leger mit offenem Kragenknopf trug, und braune Lederhalbschuhe. Die grauen Haare waren kurz geschnitten und seine Wangen glatt rasiert. Alfons Deichmann sah man seine 65 Lebensjahre nicht an. Der mittelgroße Mann wirkte dank seiner sportlichen Figur und den leuchtenden graublauen Augen um Jahre jünger. Dennoch hatte er sich entschieden, die Geschicke seiner Maschinenfabrik in die Hände seines Sohnes Viktor zu legen. Als Berater blieb er im Hintergrund tätig, wollte aber mit dem Tagesgeschäft nichts mehr zu tun haben. Um diesen Wechsel für Geschäftspartner und Freunde deutlich zu machen, hatte sich Alfons dazu entschlossen, eine Abschiedsparty zu geben. Als Förderer des Vereins Waldland-Hohenroth und leidenschaftlicher Jäger, der gerne in der Natur verweilte, empfand er das Waldland-Hohenroth mit seinen Gebäuden als den passenden Ort. Es lag abgeschieden, was im Januar bedeutete, dass man mit unerwarteten Gästen nicht rechnen musste.

Damit meinte Alfons anhängliche Angestellte, die sich zu einem peinlichen Auftritt berufen fühlten, um ihrem scheidenden Chef ihre Wertschätzung mitzuteilen. Darauf konnte der betuchte Unternehmer gerne verzichten. Ein weiterer Vorteil der „Location" war, dass bei einsetzendem Schneefall hartnäckige Reporter davon abgehalten wurden, unerwünschte Fotos zu schießen. Für die richtigen Bilder sorgte jetzt Joline Jung, die PR-Frau des Maschinenbauunternehmens MA-Heraklion, die in einem Abendkleid hinter ihm gerade ein Foto machte.

Allerdings barg die Abgeschiedenheit des Veranstaltungsortes auch gewisse Fallstricke. Was sich bei Reportern und anhänglichen Angestellten als Vorteil darstellte, hätte von den erwünschten Gästen als Nachteil gesehen werden können. Damit die geladenen Gäste jedoch keinen Grund fanden, wegen der Abgeschiedenheit des Veranstaltungsortes ihre Teilnahme abzusagen, mietete der Unternehmer eine ganze SUV-Flotte samt Chauffeure und ließ die Eingeladenen an der heimischen Haustür abholen.

Nun, nicht jeder wurde von zu Hause abgeholt. Eine der wichtigen Persönlichkeiten und langjähriger Freund des Unternehmers, Polizeidirektor Wilhelm Flender, ließ sich von seinen Mitarbeitern Hauptkommissar Norbert Pfeiffer und Werner Holzbaum zum Forsthaus chauffieren. Der Polizeidirektor traf als einer der Letzten vor dem Waldlandhaus ein.

»Na endlich, Wilhelm«, rief Alfons erleichtert, als der breitschultrige Flender aus dem Dienstfahrzeug stieg. Er hielt dem hochgewachsenen Mann die Tür auf. »Ich hatte Sorge, dass du es nicht schaffst!«

»Es war rutschig«, erwiderte Flender und beeilte sich ins Warme zu gelangen.

»Aber jetzt bist du ja hier!« Alfons klopfte seinem langjährigen Jagdfreund auf die Schulter. »Oben kannst du dir einen heißen Grog genehmigen.«

Er deutete auf eine Treppe, die ins obere Stockwerk führte.

Betrat man das Waldlandhaus, stand der Besucher direkt in einem Ausstellungsraum. Das alte Pflaster des ehemaligen Stalls bedeckte den Boden. Kleine Tischgruppen mit Holzstühlen luden zum Verweilen ein. An den Wänden links des Eingangs befanden sich Vitrinen, die je nach Ausstellung genutzt wurden. An diesem Abend waren sie mit Bambusmatten verdeckt. Die Tischgruppen waren weggeräumt worden, um Platz für eine Karibik-Bar zu schaffen, zu deren Dekoration die Bambusmatten, zwei Palmen und eine Sandburg gehörten. Die Theke füllte die Hälfte des Raumes. Die andere Hälfte nahmen Barhocker und Bistrotische sowie eine gleich neben dem Eingang aufgestellte Garderobe ein.

Rechts vom Eingang trennte eine bewegliche Glaswand den Medienraum vom Eingangsbereich. An diesem Abend hatte Anne die Glaswand entfernt und den Raum festlich geschmückt, um ihn für das Büfett zu nutzen. Eine Trennwand verdeckte den Zugang zu den Toiletten, der sich leider im Medienraum befand. Die Tische waren so aufgestellt, dass man von zwei Seiten das Büfett abgehen konnte. Das sollte die übliche Schlange verhindern, die entstand, wenn hungrige Gäste das Büfett stürmten. Momentan stand auf den Tischen nichts außer den Gestellen für die leeren Warmhaltebehälter.

Wilhelm nickte dem Gastgeber zu und schritt die Treppe hinauf. Alfons blickte auf den Hof und dachte daran, dass ihm Joline Jung, seine PR-Frau, dringend davon abgeraten hatte, die Gäste an der Tür selbst zu begrüßen. Sie meinte, dass ein Industrieller seines Kalibers eine gewisse Distanziertheit und Herrschaftlichkeit an den Tag legen sollte. Alfons reichte die Herrschaftlichkeit, die er empfand, wenn ihm sein Chauffeur die Tür aufhielt.

Die Gäste an der Tür zu begrüßen war genau das Richtige gewesen, dachte er und grinste verschmitzt.

So hatte er mitbekommen, dass sein Sohn Viktor und dessen Ehefrau Bea einen Streit ausfochten. Im Mittelpunkt dieses Streits stand Beas Bruder Nils Nolte, der ebenfalls eingeladen war. Nils und Joline hatten eine Beziehung, was Alfons nicht überraschte, da Joline eine attraktive, kluge, junge Frau war und Nils schon immer auf diesen Typ stand.

Er hatte weiter feststellen können, dass die Gesichtsfarbe seines langjährigen Freundes Hermann Schungel, Bauunternehmer, beim Anblick des Kanzlers der Universität Siegen, Tyrion Haberland, einen gefährlich krebsroten Teint annahm, was darauf schließen ließ, dass es am Abend ein lautstarkes Wortgefecht zwischen den beiden Herren geben würde. Das alles hätte Alfons nicht wahrgenommen, wäre er wie ein Gutsherr im ersten Stock des Waldlandhauses geblieben. Er blickte nochmals auf den Hof – und als kein weiteres Auto mehr vorfuhr, begab er sich die Treppe hinauf zu seinen Gästen.

3

Das besondere am Forsthaus war die große Kaffeestube, die von zwei Tresen aus bedient werden konnte. Hinter dem rechtwinklig angebrachten Tresen befand sich die Küche. Besucher konnten auf die Herdplatten schauen, wenn sie direkt am Tresen standen. Eine Tresenklappe ließ die Bedienung schnell in die Kaffeestube gelangen. Dort gingen die beiden Hilfskellner Helga zur Hand. Marlowe saß etwas abseits auf einer Stuhllehne und beobachtete das Treiben der Aushilfen. Anne stand in der Küche am Herd und behielt mehrere Töpfe im Blick. Ein weiterer Koch aus Annes Team kümmerte sich um zwei Öfen, aus denen es köstlich duftete. Helga belegte silberne Platten mit ihrem Carpaccio, während Erich ihr die Rucola-Zitrus-Marinade reichte. Tristan kümmerte sich um das Vitello tonnato. Er legte die dünn aufgeschnittenen Kalbfleischscheiben vorsichtig auf eine längliche silberfarbene Platte.

Die Verbindungstür zwischen Hausflur und Kaffeestube wurde aufgestoßen und eine aufgebrachte junge Frau stürmte herein.

Sie visierte Helga an und rief: »Wie weit sind Sie mit dem Essen?«

Es klang wie das Abfeuern einer Gatling Gun. Während amerikanische Ureinwohner bei diesem Geräusch den Tod fürchten lernten, reagierte Helga mit stoischer Ignoranz. Sie ließ sich nicht beim Dekorieren ihrer Carpaccio-Platte stören. So zerfetzten die Worte noch die Stille im Raum, als Joline Jung feststellte, dass sie das falsche Ziel anvisiert hatte. Sie fasste sich an die Stirn und meinte: »Sie kenne ich nicht!«

Anne Mühlberger hatte die Public-Relations-Dame hereinstürmen sehen und eilte aus der Küche in die Kaffeestube.

»Frau Jung, was kann ich für Sie tun?« fragte Anne hastig und wischte sich mit einem Küchentuch die Hände ab.

»Ah, da sind Sie!« stöhnte Joline in einem Ton, der ausdrückte, dass an diesem Abend die Last der Welt auf ihren zierlichen Schultern ruhte. »Wann gedenken Sie das Büfett aufzubauen?«

Anne blickte demonstrativ auf ihre Armbanduhr und antwortete: »In einer halben Stunde, wie es mit Ihnen besprochen war.«

»Gut!« Joline senkte leicht den Kopf, um ihn kurz darauf mit Entschlossenheit hochzureißen. Ihre langen blonden Haare wirbelten auf und zwei klare blaue Augen sahen die Wirtin an. »Ginge es auch früher? Alle Gäste sind eingetroffen und ein paar von ihnen könnten etwas in ihren Mägen gebrauchen. Sie verstehen?!«

Anne verstand nicht, nickte jedoch, was Joline als ein „JA" verstand.

»Super, dann bis später«, grinste sie zufrieden und schritt zum Ausgang.

»Helga, wie weit bist du?« fragte Anne müde.

»Gleich fertig«, antwortete Tristans Freundin. »Die ersten Platten können die Männer bereits rübertragen.«

»Gut, dann sehe ich zu, dass die warmen Gerichte in die *Chafing-Dish* (sprich: schäfing disch) kommen«, seufzte sie und ging zurück in die

Küche. »Mann, bin ich froh, wenn das hier vorbei ist!«

»Tristan, was ist ein *Chafing-Dish*?« fragte Erich seinen langjährigen Freund.

»Das sind diese Warmhaltebehälter, die aus zwei Wannen bestehen. In der großen Wanne wird Wasser erhitzt, in das die kleinere Wanne mit dem Essen gestellt wird«, antwortete der Detektiv.

»Quatscht nicht«, mahnte Helga, »jeder schnappt sich eine Platte und dann rüber ins Waldlandhaus.«

»Sollten wir die Platten nicht besser abdecken?« fragte Tristan. »Es schneit immer noch heftig.«

Helga grinste ihren Freund liebevoll an. »Wofür denkst du habe ich die Folie in der Hand?«

Mit geübten Handbewegungen packte sie die Platten ein. Sie standen wenig später für den Transport ins Nachbargebäude bereit.

Erneut wurde die Tür zur Kaffeestube geöffnet. Dieses Mal betraten die Chauffeure mit verschneiten Jacken das Café.

»Man sagte, hier könnten wir uns für den Abend aufhalten«, erklärte einer von ihnen.

»Ja, ja, das geht in Ordnung«, rief Anne aus der Küche. »Ich habe Ihnen den Tisch hinten in der Ecke vorbereitet.«

Der Mann nickte und die Truppe ging zu dem reservierten Tisch.

Die Tür öffnete sich erneut und eine bekannte Stimme fluchte: »Was ist das für ein mieses Wetter!«

Norbert Pfeiffer, Hauptkommissar, stürmte, gefolgt von Werner Holzbaum, ebenfalls Hauptkommissar, in die Kaffeestube.

»Wir haben Winter, Chef«, erwiderte der schwergewichtige Holzbaum und schüttelte ein Häufchen Schnee von den Schultern seines Mantels, bevor er ihn auszog.

Die beiden Polizisten sahen sich um und starrten verdutzt auf Helga, Tristan und Erich.

»Pfeiffer, Holzbaum?! Was suchen Sie denn hier?« rief Helga überrascht.

»Guten Abend, Frau Bottenberg, Diakon Roth und Irle!« Es klang, als würde Pfeiffer den letzten Namen ausspucken.

»Hauptkommissar Pfeiffer und der erst kürzlich beförderte Hauptkommissar Holzbaum«, staunte Tristan. »Mit Ihnen hätte ich hier oben jetzt nicht gerechnet!«

»Wir wollten eigentlich auch schon wieder in Siegen sein«, antwortete Holzbaum und entdeckte die Carpaccio-Platte. Seine Augen wurden ganz groß. »Da bekommt man ja direkt Appetit.«

»Das ist für die Feier nebenan«, mahnte Helga.

»Ja, wissen wir«, stöhnte Pfeiffer und entledigte sich ebenfalls seines Mantels. »Wir haben Flender zu dieser Feier hergefahren.«

»Wilhelm ist ebenfalls hier?« Tristan schüttelte den Kopf. »Wer feiert nebenan?«

»Der Industrielle Deichmann«, rief Anne. »Er geht in Rente.«

»Solche Leute gehen doch nicht in Rente«, warf Erich ein. »Die gehen in den Ruhestand.«

»Was auch immer! Jedenfalls wollten wir gleich zurück in die Stadt fahren, aber der Schneesturm hat Bäume auf der Eisenstraße umgerissen. Wir sitzen hier fest.«

Marlowe, der bis jetzt still das Treiben in der Kaffeestube verfolgt hatte, wurde lebendig. Er mochte Pfeiffer nicht. Den schwergewichtigen Holzbaum, der auf einem Bauernhof groß geworden war, den mochte Marlowe leiden. Mit einem kräftigen Flügelschlag erhob sich der Kakadu und flatterte Holzbaum entgegen.

Der Polizist reagierte, in dem er seinen Arm hochriss.

Marlowe landete auf seinem Arm und brabbelte: »Die Jagd beginnt! – Tatü, tatü! / ertönt es aus dem Horne. / Der Jäger tutet hinten rein, / dann kommt´s Tatü von vorne.«

»Der Teufel ist auch hier!« seufzte Pfeiffer, der die gleiche Abneigung zu Marlowe hegte wie der Kakadu zum Hauptkommissar.

»Jetzt beeilt euch!« rief Helga, »wir haben eine Aufgabe zu erledigen!«

Die beiden Hilfskellner nahmen je zwei Platten, die ihnen Helga reichte. Sie balancierten die Platten aus und als Helga sicher war, dass die Essensware gefahrlos ins andere Gebäude transportiert werden konnte, öffnete sie die Tür. Die beiden Männer eilten über den Hof. Helga folgte ihnen. Sie trug nur eine Platte und hatte eine

Hand frei, um ihnen auch die Glastür vom Waldlandhaus zu öffnen.

Annes Koch war durch den Hintereingang bereits mit einem *Chafing-Dish* voller Hirschragout angekommen und zündete die Brennstoffpaste an. Wenig später brachte Anne einen weiteren Warmhaltebehälter, der voller Spätzlenudeln war. Der Koch eilte zurück in die Küche, um weitere Behälter zu holen.

Helga begann die Platten dekorativ mit kleinen Tannenzweigen zu schmücken, die sie aus einem Beutel holte, den sie aus der Kaffeestube mitgebracht hatte. Von oben hörten sie wie Musik gespielt wurde, die durch ein Stimmengewirr unterbrochen wurde. Eine dieser Stimmen hörten sie sofort heraus. Es war die von Joline.

»Muss das sein, Nils!« hörten sie die junge Frau schimpfen.

Einen Augenblick später torkelte ein junger Mann die Treppe hinunter. Nils Nolte trug einen Maßanzug, was seinem Auftreten eindeutig schadete. Von einem Träger maßgeschneiderter Kleidung erwartete man eine vornehme Haltung. Wie ein Hampelmann eine Treppe runterzustolpern, assoziierte man mit dem Tragen eines 1000-Euro-Kleidungsstücks nicht. Nils hielt ein Glas in der Hand, dessen Inhalt er nicht zu verschütten versuchte. Als er die Küchencrew beim Vorbereiten des Büfetts antraf, hielt er kurz inne.

Sein Blick starrte auf den Eingang zu den Toiletten. Man sah ihm an, dass er abwägte, ob er unfallfrei zwischen der aufgestellten Trennwand und dem halb fertig aufgebauten Büfett vorbeikam. Er entschied, es nicht zu wagen. Schwankend steuerte er auf die Theke zu, stellte sein Glas ab, um dann in einem Bogen den Ausgang zu treffen.

»Wo wollen Sie hin? Es schneit kräftig!« rief Anne dem Mann zu, doch der riss die Glastür auf und verschwand im Schneetreiben.

»Sollten wir ihm nachgehen?« fragte Erich.

»Er wird sich übergeben müssen«, meinte Anne, »diesen Gesichtsausdruck kenne ich.«

4

Der eisige Ostwind scheuchte fette Schneewolken gegen die Berghänge des Rothaargebirges. Immer mehr Flocken fielen aus ihnen heraus und stürzten zu Boden. Der Sturm verwandelte Täler, Bergwiesen und Tannenwälder in arktische Kulissen. Baumkronen brachen unter der Schneelast, versperrten Straßen und Wege. Die abgebrochenen Äste sahen aus, als hätte man Beine von Riesenspinnen ausgerissen, an denen der vereiste Schnee silbrig glänzte. Der orkanartige Wind schichtete Schneeverwehungen auf, die schnell auf einen halben Meter heranwuchsen. Wer an diesem Abend am Fuße des Rothaargebirges das Haus nicht verlassen musste, tat es auch besser nicht.

Rund um das Forsthaus waren alle Zugangswege unpassierbar geworden. Nicht, dass es jemand von den Anwesenden bemerkt hätte. Die Gäste taten das, weshalb man sie eingeladen hatte, sie feierten. Der Aperitif wurde nicht in Gläschen, sondern in Humpen verkostet, was wie ein Nachbrenner auf den Stoffwechsel der Gäste wirkte. Damit deren Metabolismus nicht wie ein lahmer Jet vom Himmel fiel, sorgte das Serviceteam für genügend Treibstoff. Es füllte die leergeputzten Platten, Speisepfannen und Soßenschüsseln so schnell auf, wie es das Hin und Her durch den Schneesturm zwischen Forsthaus und Waldlandhaus ermöglichte.

Die Chauffeure und die beide Polizisten genossen ihr Essen in der heimeligen Umgebung der Kaffeestube. Das Schlemmen wurde nur durch das mühselige Aufstehen unterbrochen, wenn man sich aus der Küche Nachschlag erbat.

Selbst Marlowe verhielt sich sittsam, was an der halben Kokosnuss-Schale lag, die der Kakadu mit seinem Schnabel akribisch bearbeitete.

Nach einer guten Stunde stellte sich das Treiben rund um Nudelpfannen und Carpaccio-Platten langsam ein. Die Bar im Karibikflair wurde eröffnet und zog die jüngeren Gäste wie ein Magnet an. Die älteren saßen in Grüppchen im Festsaal zusammen. Tristan, Erich und Helga begannen den Nachtisch vom Forsthaus in das Waldlandhaus zu tragen, während Anne die zuckersüßen

Schälchen ansprechend auf dem dafür vorgesehenen Tisch dekorierte.

»Haben Sie Herrn Nolte gesehen?« fragte Joline die Wirtin hörbar genervt.

»Wen?« Anne kannte die Gäste nicht alle bei Namen. Ihr waren nur Joline Jung und natürlich der Auftraggeber bekannt.

»Der Mann, der eben etwas torkelnd die Treppe hinunterkam«, erklärte Joline verärgert.

»Nein, den habe ich nicht gesehen«, antwortete Anne und machte Tristan Platz, der mit dem letzten Tablett der Nachspeise aus dem Forsthaus eintraf.

»Haben Sie Herrn Nolte gesehen?« fragte Joline den Detektiv, der seine dicke Strickjacke vom Schnee befreite.

Anne erklärte, dass es sich um den Mann handelte, der das Haus etwas derangiert verlassen hatte.

»Nein, den Herrn habe ich nicht erneut gesehen«, antwortete Tristan langsam. »Wenn er nicht zurückgekommen ist, dann sollten wir draußen nachsehen«.

»Er wird wohl nicht so dumm sein, bei diesem Sturm draußen zu bleiben. Selbst wenn er mir aus dem Weg gehen will«, zischte Joline wütend.

»Sie hatten einen Streit?« hakte Tristan vorsichtig nach.

»Eine kleine Meinungsverschiedenheit«, korrigierte Joline. »Einen Streit würde ich das nicht nennen.«

In diesem Moment wehte ein eisiger Wind in den Vorraum. Erich hatte die Tür geöffnet. Er trug einen Geschirrkasten herein.

»Wir sollten draußen nachsehen«, mahnte Tristan. »Bei diesem Wetter könnte es gefährlich werden.«

Die PR-Frau runzelte die Stirn, dann verstand sie, was Tristan andeutete.

»Ich hole meine Jacke«, sagte sie entschlossen.

»Was gibt es?« fragte Erich, dessen schwarzer Mantel mit weißen Eiskristallen überzogen war.

»Der Mann, der eben torkelnd nach draußen stolperte, ist nicht zurückgekommen«, erklärte Tristan.

»Okay«, nickte Erich und zog den Kragen des Mantels hoch. »Ich komme mit.«

Der Detektiv sah zu Anne: »Frau Mühlberger, haben Sie Taschenlampen?«

»Ja, drüben in der Küche, links in dem Schrank neben dem großen Kühlschrank«, antwortete sie.

»Erich, wir gehen zusammen«, entschied Tristan. »Frau Mühlberger, sagen Sie Frau Jung, dass Sie hier warten soll. Wir holen sie hier ab. Nicht, dass sie auch noch verloren geht.«

Tristan und Erich eilten über den Hof in die Kaffeestube, dort fanden sie zwei Taschenlampen an der angegebenen Stelle. Außerdem konfiszierten sie zwei Pudelmützen, die eingepackt neben den Taschenlampen lagen.

»Was gibt es?« fragte Helga, die gerade das letzte Tablett mit Süßspeisen zusammenstellte.

»Ein Mann wird vermisst«, antwortete Tristan. »Wir sehen draußen nach.«

»Wer geht denn bei so einem Wetter freiwillig nach draußen?« murmelte Helga und schüttelte ihren Kopf.

»Keine Ahnung«, antwortete Tristan. »Aber wenn er sich nicht irgendwo untergestellt hat, dann wird es gefährlich.«

»Passt auf, dass euch kein Ast auf den Kopf fällt«, warnte sie.

»Machen wir«, antwortete der Detektiv und verließ mit Erich die Stube.

Joline Jung wartete hinter der Glastür des Waldlandhauses auf Erich und Tristan. Als die junge Frau die beiden Männer über den Hof kommen sah, trat sie hinaus.

»Wo fangen wir an?« fragte Joline besorgt und schüttelte sich: »Ist das kalt geworden.«

»Wie heißt der Mann?« fragte Tristan und richtete die Pudelmütze.

»Nils Nolte«, antwortete Joline und rief laut: »Nils, wo bist du!«

Der Schneesturm zerriss die Worte in Silben und schleuderte sie in den Wald, wo das Knarren der Äste und das Fauchen des Windes sie unter sich begrub.

»Rufe bringen nichts«, stellte Erich fest. »Wir müssen suchen gehen.«

Tristan nickte und warnte: »Passen Sie auf, dass Ihnen kein Ast gegen den Kopf schlägt.«

Joline kräuselte ihre Stirn, als hätte Tristan ihr etwas Verrücktes gesagt, da krachte es neben ihnen. Ein kleiner Ast von einer Buche war unter der nassen Schneelast gebrochen und in den Hof gefallen.

»Das meine ich!« Tristan blickte besorgt zu der Buche.

Erich beugte sich zu Tristan hinunter und fragte: »Wo könnte er hingegangen sein?«

»Lass uns hinter dem Haus nachsehen«, schlug Tristan vor.

»Was befindet sich hinter dem Haus?« Der Diakon musste die Frage brüllen, damit die beiden ihn überhaupt verstehen konnten.

»Die Werkstatt der Forstbehörde«, rief Joline.

Sie kämpften sich über den Hof, immer nahe am Waldlandhaus entlang, um möglichen herabfallenden Ästen aus dem Weg zu gehen, die sich in Todesgeschosse verwandelten.

Die Lichtkegel der Taschenlampen leuchteten spärlich die Umgebung aus. Die schwachen Glühbirnen wirkten wie Kerzen, die kurz vor dem Verlöschen waren. Sie waren die einzige Lichtquelle weit und breit. Die feinen Glühdrähte der Birnen glimmten zwar schwach, doch erzeugte ihr Licht die Hoffnung, alles werde gut ausgehen.

Sie stampften durch knöchelhohen Schnee, der sich an einigen Stellen zu einem halben Meter hoch angehäuft hatte. Nach einem gefühlten Gewaltmarsch erreichte die kleine Gruppe das Ende des Waldlandhauses. Sie blickten auf die Forstwerkstatt, die zehn Meter hinter der alten Scheune stand. Der Hof zog sich um das Waldlandhaus bis zur Werkstatt.

»Wenn Nils sich übergeben wollte, dann hätte er sich eine Stelle gesucht, die weniger exponiert liegt«, überlegte Tristan laut.

»Ja, wenn ihm sein Organismus genügend Zeit gegeben hat«, merkte Erich an.

Joline hielt sich hinter dem Diakon, der mit seinem Zwei-Meter-Körper einen spürbaren Schutz vor dem Schneesturm gab.

Tristan sah sich um und entdeckte am Waldrand ein kleines Gebäude. Es war das Kühlhaus, das unter anderem zum Kühlen von Getränken und geschossenem Wild genutzt wurde.

Seht mal da rüber«, rief er und deutete auf das Objekt.

Zwischen Kühlhaus und einem mannshohen Holzstapel befand sich eine Lücke.

»Das würde sich doch für eine Stelle zum Übergeben anbieten«, sagte Tristan und verließ den Schutz des Waldlandhauses.

5

Alfons Deichmann saß auf einem Hocker an der Bar und nippte an einem Glas Sherry. Neben ihm schlürfte Polizeidirektor Wilhelm Flender einen Mojito. Über ihnen im Festsaal spielte ein

DJ Tanzmusik, was von den jüngeren Gästen mit wildem Gezappel angenommen wurde. Man hörte Stilettoabsätze auf dem Echtholzparkett knallen.

»Geht das jetzt den ganzen Abend so?« maulte Flender und stellte sein Glas ab.

»Lass den Nachwuchs tanzen«, antwortete Alfons verständnisvoll. »Morgen verlieren sie ihre Unbeschwertheit. Dann zermalmt ihnen das Tagesgeschäft die gute Laune.«

»Du gibst also wirklich das Ruder ab«, nickte der Polizeichef und sah seinen Freund ungläubig an.

»Ja, Viktor hat ab morgen das Sagen und damit auch die Verantwortung.« Alfons nahm einen weiteren Schluck Sherry.

Langsam schlenderte Hermann Schungel die Treppe hinunter.

»Da ist noch jemand, der das Ruder abgibt«, rief Alfons laut und winkte den Mann zu sich.

Hermann Schungel, Bauunternehmer und ein alter Freund Alfons', setzte sich zu den beiden Männern.

»Mir bitte auch so was Grünes«, befahl er dem jungen Barkeeper.

Dem Bauunternehmer sah man an, schon lange keine Schaufel mehr in der Hand gehalten zu haben. Das teure Maßhemd spannte sich vor seinem Bauch und die manikürten Fingernägel wussten gar nicht mehr, was Dreck eigentlich war.

»Hermann, darf ich dir Wilhelm Flender vorstellen?« Alfons deutete auf den stattlichen Mann neben sich. »Wilhelm ist unser Polizeidirektor.«

»So?! Dann kann uns ja heute Nacht nichts passieren«, antwortete Hermann sarkastisch mit einer polternden lauten Stimme.

Der Barkeeper stellte ihm den Mojito hin. Er nahm das Getränk entgegen und rief: »Prost!«

Die beiden Männer nickten Hermann zu und nippten an ihren Gläsern.

»Schungel übergibt ebenfalls seine Firma«, erklärte Alfons, während er den Bauunternehmer beobachtete.

»Ja«, schnaufte Hermann, der einen zu kräftigen Schluck zu sich genommen hatte.

»Übernimmt Ihr Sohn das Bauunternehmen?« fragte Flender, obwohl es ihm eigentlich völlig egal war. Aber als eingefleischter Polizist neigte er dazu, die anderen erzählen zu lassen, um möglichst wenig von sich selbst preisgeben zu müssen.

»Das wäre schön«, stöhnte Hermann Schungel. »Aber mein Sohn, der ist ganz und gar nicht für diese Aufgabe geeignet.« Er nahm einen weiteren Schluck. »Da hast du Glück mit deinem, Alfons.«

»Na, man wird sehen«, meinte der Maschinenbauer. »Es gehört mehr dazu, ein Unternehmen erfolgreich zu führen, als ein abgeschlossenes Studium.«

»Da sagst du was!« beschwerte sich Hermann. »Meiner probiert sich immer noch aus, obwohl er fertig studiert hat!«

»Jetzt sei nicht so streng mit Robbie«, mahnte Alfons und klopfte seinem Freund auf die Schulter. »Nils Nolte wird dein Unternehmen gut führen. Außerdem hat der Mann ausgezeichnete Kontakte.«

»Ja, zu deinem Sohn durch seine Schwester, die zufällig deine Schwiegertochter ist«, maulte Hermann mit einem bösartigen Unterton.

»Nein, ich meine zur Uni«, erklärte Alfons, der den Gefühlsausbruch ignorierte.

»Deshalb ist der Kanzler der Universität Siegen eingeladen?« fragte Flender. Er hatte sich schon gefragt, was ein Vertreter der Siegener Universität bei dieser Familienfeier zu suchen hatte.

»Der ist eingeladen, weil Alfons seit Jahren die Universität fördert«, knurrte Hermann. »Und er insgeheim auf einen Ehrendoktor scharf ist.«

Der Industrielle grinste, ohne auf Hermanns Provokation ein weiteres Mal einzugehen, stattdessen sagte Alfons: »Der Kanzler Tyrion Haberland ist hier, weil dein neuer Geschäftsführer in Zukunft ausgezeichnete Geschäfte mit der Universität machen wird.«

Flender schüttelte den Kopf. »Ihr könnt nicht einfach mal über Fußball reden? Immer geht es ums Geschäft, was!«

»Na ja, wir bekommen keine großzügige Pension vom Staat. Wir müssen für unser Geld arbeiten«, erwiderte Alfons mit einem verschmitzten Grinsen.

»Und wir zahlen dafür kräftig Steuern«, ergänzte Hermann. Zum ersten Mal schien der Bauunternehmer mit Alfons einer Meinung zu sein.

Ein hochgewachsener Mann mit sportlicher Figur tanzte die Treppe herunter.

»Haben Sie Nils gesehen?« fragte Emil Daub. Seine Stimme klang trotz der Hintergrundmusik angenehm klar.

»Darf ich Ihnen meinen Physiotherapeut vorstellen«, sagte Alfons, ohne auf die Frage zu antworten. »Er besitzt eine eigene Praxis in der Nähe des Kölner Tors. Seine Hände haben magische Kraft. Mein Rücken dankt es ihm täglich.«

»Danke für das Lob«, lächelte Emil. »Wenn Sie mehr Sport treiben würden, bräuchten Sie mich nicht.«

»Keine gute langfristige Geschäftsphilosophie, solche Vorschläge zu geben«, bemerkte Hermann Schungel. »Wenn keiner mehr Ihren Dienst benötigt, sind Sie arbeitslos.«

»Da kann ich mich ganz auf den inneren Schweinehund von jedem verlassen«, grinste Emil und fragte dann erneut: »Haben Sie Nils gesehen?«

»Nein, haben wir nicht«, antwortete Alfons. »Er ist bestimmt bei Joline.«

»Die ist auch nirgends aufzutreiben«, stöhnte Emil. »Na, dann muss ich mit Bea sprechen.«

Der Physiotherapeut hüpfte zum Takt der Musik die Treppe hinauf.

»Alfons, was hat er mit deiner Schwiegertochter zu schaffen?« fragte Hermann neugierig.

»Na, wenn er Nils' Vetter ist, dann ist Bea seine Cousine«, brummte Flender, der aufmerksam zugehört hatte.

»Oh, ja«, murmelte Hermann, »mir scheint der Alkohol in den Kopf zu steigen!«

»Allerdings würde ich meine Pressesprecherin jetzt gerne fragen, was sie als Nächstes geplant hat«, knurrte Alfons, der trotz seines bevorstehenden Ruhestandes noch die Zügel in der Hand hielt.

6

Joline Jung fror sich gerade in ihren High Heels die Zehen ab, weil sie ihren Freund in einem Schneesturm suchen musste. Wenn sie nicht vor Kälte zittern würde, dann würde ihr Zorn ein Beben durch den Körper jagen, das dem Zittern sehr nahe kam. Außerdem ärgerte sie sich, nicht die Schuhe gewechselt zu haben. Ein paar Winterboots standen ungenutzt unter der Garderobe. Hinzu kam, dass sie andere Aufgaben hatte als durch den Schneesturm zu stampfen. Es war völlig inakzeptabel, was sich Nils erlaubte. Als Gast bei einem der angesehensten Siegerländer Unternehmer benahm man sich! Des Weiteren würde ihr Freund demnächst selbst Chef eines großen Bauunternehmens werden, da galt es Vorbild zu sein.

Tristan blieb stehen und deutete auf die Spalte zwischen Kühlhaus und Holzstapel. Ein dunkler Fleck zeichnete sich auf dem weißen Schnee schemenhaft ab.

Tristan und Erich eilten auf die Stelle zu. Trotz des spärlichen Lichtes erkannte der Detektiv, dass dort halb zugeschneit ein Mensch im Schnee lag.

»Schnell, Erich!« rief Tristan und beugte sich zu der Gestalt hinunter.

»Oh mein Gott!« schrie Joline.

Erich und Tristan drehten Nils vorsichtig um und hoben ihn dann auf.

»Ins Haus mit ihm!« befahl Tristan.

»Atmet er noch?« rief Joline aufgebracht.

»Wir müssen ihn ins Warme bringen«, erwiderte der Detektiv. »Schnell!«

Joline rannte voraus und riss die Glastür des Waldlandhauses auf. Ihr folgten Tristan und Erich, die den bewusstlosen Nils hereintrugen.

»Da hinten auf den Büfetttisch«, befahl Tristan, nachdem er sich kurz umgesehen hatte.

Kalter Wind blies ins Foyer und ließ die Deko hinter der Karibik-Bar rascheln. Sie legten Nils vorsichtig auf dem Büfetttisch ab und Tristan begann mit der Reanimation.

»Ist ein Arzt unter den Gästen?« fragte Erich die drei Männer, die geschockt an der Bar standen.

Die Gehirne von Alfons, Hermann und Wilhelm Flender hatten sichtbar Schwierigkeiten, die Szene richtig einzuschätzen. Die Gesichtsausdrücke wechselten zwischen ungläubigem Lächeln und verärgertem Brummen. Erst als Tristan mit der Herzmassage begann, dämmerte es den Männern, dass hier kein Überraschungstheater aufgeführt wurde.

»Coco Müller, Emils Freundin, ist ausgebildete Rettungssanitäterin«, rief Joline mit dünner Stimme.

Flender löste sich aus seiner Starre und sprang für sein Alter recht agil die Treppe hinauf. Einen Augenblick später brüllte der Polizeidirektor Coco Müllers Namen. Die Musik wurde abgestellt und man hörte klappernde Absätze die Treppe hinunterkommen.

Eine junge Frau mit kupferroten lockigen Haaren erschien neben dem Büfetttisch.

»Gibt es einen Defibrillator?« Ihre Stimme durchdrang den Raum. Sie wirkte bestimmend und beruhigend zugleich.

»Oben in der Küche«, antwortete Joline, deren gute Vorbereitung sich jetzt bezahlbar machte.

Erich nickte und lief los, noch bevor Coco ihre Handtasche abgelegt hatte.

»Puls?« fragte sie Tristan.

»Nein, nicht spürbar«, antwortete Tristan, dem langsam die Arme müde wurden.

Coco stellte sich in Position und übernahm. Kurze Zeit später kam Erich mit dem Defibrillator zurück. Coco unterbrach die Herzmassage,

Tristan machte weiter, während sie den Defibrillator vorbereitete.

Mittlerweile hatten sich die Gäste auf der Treppe versammelt und beobachteten das Geschehen. Die Rettungssanitäterin entfernte Jackett und Hemd über Nils' Brust und setzte dann die beiden Elektroden an.

»Zurück!« rief sie und löste den ersten Schock aus. Dann überprüfte sie Atmung und Puls. »Nichts!«

Sie setzte erneut einen Schock ab und überprüfte dann wieder Atmung und Puls. Nach dem dritten Versuch stellte sie alle Maßnahmen ein.

»Es tut mir leid, Joline, aber Nils ist tot«, sagte sie traurig.

7

»Das gibt es doch nicht!« jammerte Hauptkommissar Pfeiffer. Der wieselartige Polizist schüttelte heftig den Kopf, dass ihm fast seine Nickelbrille heruntergefallen wäre. »Irle, Sie sind verflucht. Überall, wo Sie auftauchen, dauert es nicht lange und es gibt eine Leiche.«

Dann wurde ihm klar, dass sein Feierabend gerade vom Schneesturm weggeweht wurde.

Eigentlich waren er und Holzbaum in Hagen tätig. Nur, wenn es in der Universitätsstadt einen Mord gab, wurden sie in Siegen aktiv. Bei Mordermittlungen zog man „*Usswaerdije*" hinzu, um von vornherein möglicher Kumpelei aus dem Weg zu gehen. Siegen mochte zwar eine Großstadt sein, doch als Polizistin oder Polizist stellte man letztendlich immer fest, dass der Verdächtige, der auf der Rückbank des Polizeiautos saß, ganz sicher mit einem Menschen verwandt war, den man kannte. Als heimischer Beamter musste man sich immer rechtfertigen. Selbst wenn man den Täter mit einem blutverschmierten Messer in der Hand verhaftet hätte, wäre erwidert worden: Er macht so was nicht, das ist sicherlich ein Irrtum und das Messer gehört ihm sowieso nicht.

Deshalb haben kluge Verwaltungsbeamte die Regel eingeführt, dass Mordermittlungen von *usswaerdijen* Kommissaren bearbeitet werden sollten. Durch einen Zufall waren die beiden Beamten am heutigen Abend in Siegen gelandet.

Hauptkommissar Pfeiffer, der Polizeidirektor und der Detektiv saßen zurückgezogen in der Kaffeestube. Flender gefiel die Situation überhaupt nicht.

»Mord können wir jedenfalls ausschließen«, brummte er. »Der junge Mann hatte eindeutig zu viel getrunken, ist ohnmächtig geworden und dann erfroren.«

Das ließ Pfeiffer einen kurzen Augenblick hoffen, sich doch noch mit kostenlosen Spirituosen die Kante bis zur Besinnungslosigkeit geben zu können. Doch ein flüchtiger Blick in Tristans Gesicht sagte ihm, dass er besser die „Kurzen" auf dem Tresen stehen ließ.

Der Detektiv schwieg, obwohl ihm Flenders Schlussfolgerung gar nicht behagte. Bis jetzt stand nicht fest, wie viel Alkohol Nils getrunken hatte. Einzig allein, dass Nils an Kreislaufversagen sein junges Leben aushauchte, würde er unterschreiben. Wenn Tristan in seinem Berufsleben eins gelernt hatte, dann dies, dass das Offensichtliche nicht immer der Wahrheit entsprach.

»Tristan, du schaust, als wäre dir ein nasser Hund durch die Wohnung gelaufen«, murrte Flender.

»Heißt das nicht«, merkte Pfeiffer an, »etwas über die Leber gelaufen?«

Flender schielte kurz zu seinem Mitarbeiter und kein Comicbösewicht hätte diesen bedrohlichen Gesichtsausdruck besser hinbekommen, dann knurrte er: »Wenn du Zweifel an meiner Theorie hast, dann raus damit.«

Wilhelm Flender und Tristan Irle kannten sich bereits ein halbes Leben lang. Der Polizeidirektor und der Detektiv fochten in der Vergangenheit epische Schachduelle aus, die sogar in Fachzeitschriften besprochen wurden. Man konnte sie nicht als Freunde bezeichnen. Eine tiefverwurzelte Abneigung herrschte zwischen Polizist und Privatdetektiv, trotz ihrer gemeinsamen Erfolge. Es gab einen Damm aus Höflichkeiten, der die zerstörenden Fluten von Misstrauen zurückhielt. Doch wehe, dieser Damm würde brüchig. Dann sprudelte Misstrauen wie

Brackwasser in ihre Gedanken und vergiftete die Gemüter. An eine friedliche Zusammenarbeit war dann nicht mehr zu denken. Tristans skeptischer Blick und sein Schweigen drückten „sozusagen Wasser“ gegen den Damm und weichten ihn auf.

»Wenn es aussieht wie ein Huhn und gackert wie ein Huhn und Eier legt wie ein Huhn, dann ist es ein Huhn«, knurrte Flender laut.

»Ich sage doch gar nichts«, erwiderte Tristan halbherzig. »Im Moment hast du recht. Beruhige dich!«

Flender schnaufte zufrieden und sah sich nach einer Bedienung um.

Die Männer hatten heiße Kaffeetassen vor sich stehen. Der Polizeidirektor benötigte etwas Stärkeres. Die Chauffeure vertrieben sich einen Tisch weiter mit einem Kartenspiel die Zeit.

Holzbaum und Erich waren damit beschäftigt, den Leichnam pietätvoll im Kühlhaus abzulegen.

Die Beamten hatten versucht, einen Notarztwagen sowie zusätzliche Polizeibeamte anzufordern, doch der Handyempfang war gestört. Auch der Festnetzanschluss funktionierte nicht. Der Wintersturm unternahm alles, um einen bleibenden Eindruck zu hinterlassen. Einzig allein das Funkgerät in Pfeiffers Dienstwagen stellte eine Verbindung zur Kreispolizeibehörde her. Die Kollegen hatten Pfeiffer mitgeteilt, dass eine chaotische Verkehrssituation entstanden sei, die sich bis in die Morgenstunden ziehen würde. Sie sollten sich darauf einstellen, die Nacht im Forsthaus verbringen zu müssen.

Das hatte dazu geführt, die Leiche im Kühlhaus abzulegen.

»Zum Glück haben wir genügend zu essen«, meinte Pfeiffer mit der Unbeschwertheit eines Kindes, das sich von seinen Eltern versorgt weiß, während sein Blick zu den übrig gebliebenen Carpaccio-Platten schweifte.

Ein kalter Windzug wehte durch die Kaffeestube, als Holzbaum und Erich zurückkamen. Ihre Schultern waren mit kleinen Schneegebirgen bedeckt, die in der warmen Stube schnell abtauten.

»Tür zu!« rief Helga aus der Küche.

Sie war mit Anne damit beschäftigt, die übrig gebliebenen Carpaccios und andere Tapas auf eine Platte zusammenzulegen. Annes Kellnerinnen schafften derweil leere und halb leere Gläser von der Karibik-Bar in die Küche, um sie zu spülen. Sie benutzten den Nebeneingang.

Keiner beachtete Marlowe, der immer noch auf seiner Stuhllehne saß. Der Kakadu hatte die Kokosnuss bis auf die Schale aufgefressen und sah sich nun nach etwas Wasser um. Da ihn niemand versorgen wollte, hüpfte der schlaue Vogel von der Lehne auf den Tisch. Dort standen etliche Gläser, die die Kellnerin dort abgestellt hatte. Einige von ihnen waren noch halb gefüllt.

Der schlaue Marlowe hatte in der Vergangenheit schon an einigen Gläsern genippt. Nicht alle Getränke der Menschen fanden seine Zuneigung. Dunkle und knalligfarbene Flüssigkeiten ließ er links liegen. Ein Glas jedoch hatte seine Aufmerksamkeit geweckt. Die Flüssigkeit darin schimmerte wie flüssiger Honig, was für einen Fruchtsaft sprach, der entweder gegoren war oder noch Vitamine beinhaltete. Wenn er ganz viel Glück hatte, dann war es vielleicht auch mit dem „Wasser des Lebens“ gefüllt, mit Whisky.

Vögel können sich an Alkohol berauschen. In der Natur finden sie den Alkohol in vergorenem Obst. Was man den kleinen Flugexperten nicht ansieht: Sie würden bei einem Trinkspiel ihren menschlichen Gegner unter den Tisch saufen. Dank des Enzyms Alkoholdehydrogenase, das in viel höherem Maße bei ihnen vorkommt als bei einem Menschen, werden sie nicht so schnell beschwipst. Aber auch bei Vögeln ist irgendwann der Punkt erreicht, wo der Alkohol seine Wirkung entfaltet.

Marlowe erreichte das Glas und steckte den Schnabel hinein. Seine kleine Zunge begann die Flüssigkeit in den Rachen zu schaufeln. Es war das „Wasser des Lebens“, was Marlowes Gier entfachte.

»Hee, was machst du hier!« rief eine Kellnerin erschreckt über Marlowes Aktion.

Tristan sah sich nach der Stimme um und sah, wie Marlowe auf dem Tisch das Whiskyglas zu leeren versuchte.

»Oh, nein!« stieß der Detektiv aus und eilte zu seinem Haustier.

Marlowe wehrte sich mit Flügelschlägen gegen Tristans Versuch, ihm das Glas wegzunehmen. Schließlich gelang es dem Detektiv und Marlowe gab auf. Der Kakadu torkelte über die Tischplatte und brabbelte: »Frau Wirtin hatte eine Tänza, die kriegte, ach, die Influenza.«

Tristan stellte das Glas auf der Theke ab und wunderte sich über Marlowes Verhalten.

»Was hast du?« fragte Helga, die Tristans skeptischen Blick bemerkt hatte.

»Sieh dir Marlowe an«, antwortete er. »So hat er sich das letzte Mal benommen, als er den offenen Dornfelder in deiner Transportkiste umkippte und die Weinlache austrank.«

Helga musterte den Kakadu, der gerade versuchte abzuheben. Der Versuch endete mit einem lauten Aufklatschen auf die Tischplatte, wo Marlowe benommen seinen Kamm spreizte.

»Das waren damals mindestens zwei volle Gläser gewesen. Wie kann das bisschen aus dem Glas so etwas verursachen«, antwortete Helga.

»Genau!« nickte Tristan und untersuchte das Whiskyglas. »Es riecht nach Whisky.«

»Nach was soll es denn sonst riechen?« brummte Flender, der sich Marlowes Eskapaden angesehen hatte. »Dein Vogel hat ein Alkoholproblem.«

»Wem gehörte das Glas?« fragte Tristan die Kellnerin.

»Keine Ahnung«, antwortete sie. »Ich habe es von der Theke der Karibik-Bar mitgenommen. Es schien niemandem von den Anwesenden gehört zu haben.«

»Na, einer hat es sich bestellt«, erwiderte der Detektiv. »Wir sollten das hier gut aufbewahren.«

»Es gibt genügend Gläser mit frischem Whisky«, meinte die Kellnerin amüsiert.

»Ja, aber wenn ich Marlowe so ansehe, dann muss hier noch etwas anderes drin sein als „Wasser des Lebens“«, antwortete der Detektiv und bat Helga, das Glas sicher wegzustellen.

2. Eine Leiche verdirbt ...

Freitag, spätabends

Eine Leiche verdirbt die Feierlaune. Irgendetwas in unserem Gemüt nimmt Anteil an dem ausgehauchten Leben. Als Erstes stellten daher die Tanzwütigen der Gesellschaft ihr Gehüpfe ein. Die kleine Tanzfläche leerte sich und der DJ regelte die Musik so weit herunter, dass man sie als angenehmes Hintergrundgeräusch wahrnahm. Mittlerweile hatte auch der ignoranteste Gast mitbekommen, dass Nils Nolte im Schnee erfroren war. So jedenfalls lautete die momentan geflüsterte Nachricht. Die Polizei hielt eine offizielle Bekanntgabe für noch verfrüht.

Coco Müller war die einzige Person, die man als medizinische Fachfrau bezeichnen konnte. Sie hatte alle Anzeichen eines Erfrierungstodes an Nils' Körper festgestellt. Es lag auf der Hand, dass man, solange kein Obduktionsbericht vorlag, bei dieser Todesursache blieb.

Der Schneesturm verhinderte, dass ein Notarzt oder sonstige Hilfe am Forsthaus Hohenroth eintreffen würde. Also richtete man sich darauf ein, die Nacht im Waldlandhaus zu verbringen. Für die älteren Herrschaften organisierte Benno Weigel einige Terrassenstühle mit Armlehne. Der Forstbeamte arbeitete für das Regionalforstamt Siegen-Wittgenstein und kannte sich im Forsthaus und in den angrenzenden Gebäuden aus. Der Mann war Mitte dreißig, besaß einen athletischen Körperbau, den er neben aktiven Siegerländer Haubergsarbeiten durch Laufen und Handballspielen in Form hielt. Als Alfons und Edda Deichmanns Patenkind sorgte er sich um seine Patentante. Sie war etwas jünger als ihr Mann, aber nicht ganz so gesund, deshalb bemühte er sich, im Festsaal eine Ecke einzurichten, in der die älteren Menschen die Nacht unter relativ angenehmen Umständen verbringen konnten.

»Edda, wenn es dir hier zu ungemütlich wird, die Ferienwohnung nebenan ist frei«, erklärte der Forstbeamte. »Melde dich! Ich bin unten!«

»Es gibt eine Ferienwohnung?« rief Hermann Schungel Benno nach, der zur Treppe ging. »Warum sagt mir das keiner?«

»Weil du eine Nacht auch mal ohne Bett auskommst«, erwiderte Alfons laut.

Die beiden scheidenden Geschäftsführer standen am Rand der kleinen Küche im oberen Stockwerk.

Alfons betrachtete die Terrassenstühle und meinte zu Hermann: »Komm, wir setzen uns zu den Frauen.«

»Muss das sein?« knurrte Hermann. »Die werden sich über das Wetter beschweren und dann jammern, wie schrecklich es doch ist.«

»Ich muss mich setzen«, antwortete Alfons gestresst.

»Na, alter Mann, wenn das so ist, dann komme ich mit«, nickte Hermann. »Wo ist dein Sohn?«

»Ich habe ihn an der Bar mit seiner Frau gesehen«, antwortete Alfons. »Ich denke, Bea muss den Tod ihres Bruders verarbeiten.«

»Genügend Hochprozentiges ist ja vorhanden«, brummte Hermann.

Alfons zuckte mit den Schultern und schritt in Richtung Seniorenecke.

An der Karibik-Bar eine Etage tiefer kippte Bea den Inhalt des zweiten Glases Martini hinunter.

»Schatz, nicht so hastig«, mahnte Viktor besorgt.

»Er ist tot!« schluchzte Bea. »Ich werde nie wieder seine Stimme hören! Noch einen!«

Sie schob das leere Glas dem Barkeeper zu.

»He, Bea«, sagte Coco, die aus der Toilette kam und sie umarmte. »Es tut mir so leid.«

Coco und Bea waren gut befreundet. Die Unternehmerfrau unterstützte Coco bei einigen gemeinnützigen Projekten. Wenn Coco gerade nicht versuchte, jemandem das Leben zu retten, war sie Sozialarbeiterin in einem Frauenhaus, das von der Stadt betrieben wurde. Außerdem war Coco die Freundin von Emil Daub, einem Vetter Beas.

Viktor sah zu der Sozialarbeiterin und sein Gesichtsausdruck verriet Hilflosigkeit. Coco spürte, dass Viktor die Frauen verlassen wollte und signalisierte ihm zu gehen. Dankbar zog sich Viktor zurück.

Er zog seinen Mantel über und ging nach draußen, wo Benno ein Schwedenfeuer angezündet hatte.

»Gute Idee mit den Gartenstühlen da oben«, lobte Viktor, »wo hast du das Holz her?«

»Aus der Werkstatt hinter dem Waldlandhaus«, antwortete Benno. »Aber wenn es so weiter stürmt, wird es ausgehen.«

Sie standen in einer halbwegs windgeschützten Ecke. Die Flammen tanzten wild aus dem aufgeschnittenen Holzblock. Benno versuchte, sich eine Zigarette anzuzünden. Nach dem vierten Versuch glühte die Zigarettenspitze endlich auf.

»Wie geht es deiner Mutter?« fragte er besorgt.

»Die Medikamente sind jetzt so eingestellt, dass sie wirken«, antwortete Viktor. »Dennoch ist es eine Umstellung.«

»Ist das Alfons' wahrer Grund, sich aus der Firma zurückzuziehen?« hakte Benno kritisch nach.

»Einer«, nickte Viktor, »so können die beiden mehr Zeit miteinander verbringen. Aber Papa und ich haben uns schon vor zwei Jahren darauf geeinigt, dass bei ihm mit 65 Schluss sein soll.«

»Das hatte Schungel wohl auch geplant«, murmelte Benno.

»Ja, aber Robbie ist auch nicht der richtige Mann für den Job«, grinste Viktor und schüttelte den Kopf.

»Ja, da war Nils von einem anderen Kaliber«, nickte Benno. »Da wird der alte Hermann sich schnell nach einem Ersatz umsehen müssen.«

»Hier seid ihr!« rief Joline. Ihre Stimme wurde von den Windböen verweht, sodass ein leises Piepsen übrig blieb. »Kommt rein, ihr holt euch ja den Tod.«

Bis jetzt hatte sich Joline zusammengerissen. Sie war schließlich für die Feier zuständig. Selbst als Nils vor ihr leblos auf dem Büfetttisch lag, hatte sie sich unter Kontrolle. Doch in dem Moment, als sie die Worte „holt euch den Tod" rief, löste das einen Schock aus. Ihre Knie wurden weich, sie bekam keine Luft und sank zu Boden.

Benno warf die Zigarette fort und hob Joline auf. Viktor öffnete die Tür und Benno trug Joline ins Waldlandhaus. Dort setzte er sie neben Bea auf einen Barhocker. Langsam fasste sich Joline und bestellte schließlich etwas Hochprozentiges.

»Ja, hau es weg«, lallte Bea, die bei ihrem fünften Glas war.

»Sie hat genug«, mahnte Coco. »Ich bringe sie nach oben.«

»Gute Idee«, antwortete Viktor.

Coco führte Bea die Treppe hinauf. Benno und Viktor blieben bei Joline, der es nach dem ersten Drink sichtlich besser ging.

»Danke, Jungs«, sagte sie. »Als ich euch da draußen im Schnee sah, hat etwas in mir aufgeschrien.«

»Schon gut«, tröstete Benno. »Wir wussten aber, was wir taten.«

»Ganz anders als Nils«, bemerkte Viktor anklagend.

»Ja«, nickte Joline und rutschte vom Hocker. »Er war ein Dickkopf und jetzt ist er tot.« Sie atmete tief ein und sagte: »Dann will ich mal nach dem Chef sehen.«

Viktor dachte einen Augenblick daran, als neuer Chef Joline von ihrer Aufgabe zu entbinden, ließ es aber, da er spürte, dass sie sich ablenken musste.

Die PR-Frau ging zur Treppe.

»Warte, Joline«, rief Benno und folgte ihr.

Viktor blieb an der Bar stehen, wo sich Tyrion Haberland an ihn heranschlich. Der Kanzler der Universität Siegen war ein gewiefter Verwaltungsbeamter, der für seine Universität bei finanziellen Angelegenheiten äußerst kreativ werden konnte. Er war dem sechzigsten Lebensjahr näher, als es ihm lieb war. Sein Haar hatte die grau melierte Farbe eines George Clooney und dank eines täglichen Lauftrainings mit seinem Hund fühlte er sich fit. Die graublauen Augen zeugten von einem wachen und aktiven Verstand, den er gerne bei intellektuell weniger begabten Menschen erbarmungslos einsetzte. Seine durchschnittliche Körpergröße kompensierte er mit einem maßgeschneiderten Anzug und selbstbewusstem Auftreten.

Viktor bemerkte den Kanzler und verzog sein Gesicht.

»Kein guter Zeitpunkt«, warnte er Tyrion.

»Wir müssen dennoch reden«, erwiderte der Kanzler. »Es ist wichtig!«

»Sicher nur für Sie«, knurrte Viktor. »Ich habe jetzt keinen Sinn für Geschäfte! Mein Schwager ist umgekommen. Falls Sie das nicht bemerkt haben!«

»Oh, doch«, nickte Tyrion und seine Gesichtszüge sollten so etwas wie Betroffenheit ausdrücken, doch für Empathie war nun wirklich nicht der richtige Augenblick. »Sie wissen, dass Nils und ich in regem Austausch standen.«

»Sie meinen, dass er Ihre Uni, genauer das Bauingenieurwesen, finanziell großzügig unterstützte!« brummte Viktor.

»Ja, genauso wie Ihr Vater den Maschinenbau stets förderte«, nickte Tyrion. »Ich hoffe, dass Sie die Tradition fortführen werden.«

»Wie gesagt«, knurrte Viktor, »es ist hier nicht der Ort, darüber zu sprechen.«

2

Helga stellte das Glas mit der verdächtigen Flüssigkeit in eine Tupperdose, die sie in einem der Küchenschränke gefunden hatte. Die Dose war wasserdicht, was gewährleistete, dass der Inhalt nicht auslaufen würde, sollte jemand die Dose versehentlich umstoßen.

Tristans Intention warnte ihn, besonders acht auf das Glas und dessen Inhalt zu geben. Deshalb bat er Helga, die Keksdose ganz nach oben in einem der Hängeschränke zu verstauen. Als er sicher war, dass dem Glas samt Inhalt nichts mehr passieren würde, sagte er: »Ich gehe rüber. Vielleicht bekomme ich heraus, wem das Glas gehört hat.«

»Tristan, wie willst du das denn machen!« brummte Wilhelm Flender abfällig. »Das Glas stammt aus dem Geschirrvorrat des Waldlandhauses. Es gibt mindestens ein Dutzend davon.«

»Es war mit Whisky gefüllt, vielleicht habe ich Glück und es gibt kaum Whisky-Trinker unter den Gästen«, antwortete Tristan scharf.

»Dann komme ich mit«, knurrte Flender. »Es fehlt noch, dass ein Hilfskellner die Gäste meines Freundes belästigt.«

Der Polizeidirektor grinste spöttisch und griff nach seinem Mantel.

Tristan ignorierte die Beleidigung und nahm seine dicke Strickjacke, die er zum Trocknen über eine Stuhllehne gelegt hatte. Die Pudelmütze war immer noch völlig durchnässt, deshalb verzichtete er auf sie. Der Detektiv gehörte nicht zu der Sorte von Schnüfflern, die sich in dunklen Kaschemmen herumtrieben. Dank einer Erbschaft besaß er eine finanzielle Freiheit, die es ihm erlaubte, ausgewählte Fälle anzunehmen. Diese Erbschaft hätte ihm auch hochwertige Kleidung finanziert, doch seine Vorliebe für das gestrickte Garn hatte selbst Helga ihm nicht austreiben können.

Er schlug den Kragen hoch und folgte Flender nach draußen. Kaum hatten sie das Vordach verlassen, fegte ihnen der Wind eine Schneewehe ins Gesicht.

»Der Sturm hat kein bisschen nachgelassen«, brüllte Flender.

Tristan zog den Kopf ein und hielt sich im Windschatten des um zwei Köpfe größeren Polizeidirektors. Der kurze Weg über den Hof reichte aus, um auf Flenders Schultern einen Schneehaufen entstehen zu lassen.

Die Strickjacke des Detektivs bestand aus Wolle. Wasserdicht war keine der Eigenschaften, die man dem Kleidungsstück zuweisen konnte. Tausende von Schneeflocken versanken zwischen den Wollfäden, die das gefrorene Wasser langsam aufsaugten. Die kalte Feuchtigkeit kroch dem Detektiv über das Schulterblatt den Rücken hinunter.

Flender riss die Glastür zum Waldlandhaus auf und beeilte sich, gefolgt von Tristan, ins Warme zu treten.

Sofort streifte der Detektiv seine Strickjacke ab und suchte einen Stuhl, um sie über der Lehne trocknen zu lassen.

Flender entledigte sich seines Mantels, indem er ihn einer Kellnerin in die Arme warf.

Der Eingangsbereich mit der Karibik-Bar lag verwaist vor ihnen.

»Wo sind alle hin?« wunderte sich der Polizeidirektor und wandte sich an den Barkeeper, der hinter der Theke der Karibik-Bar gelangweilt mit Gläsern spielte.

»Die sind eine Etage höher«, antwortete er und deutete auf die Treppe. »Ich glaube, die spielen Bingo.«

Tristan und Flender musterten gleichzeitig den jungen Mann.

»Das denke ich! Die rufen sich Zahlen zu«, erklärte der Barkeeper.

Flender zuckte mit den Schultern und schritt die Treppe hinauf. Tristan blieb an der Bar stehen.

»Was möchten Sie?« fragte der Barkeeper und irgendetwas in seinem Gesicht verriet Tristan, dass er bitte keinen Mojito, Daiquiri, Caipirinha oder Piña Colada bestellen sollte.

»Überraschen Sie mich«, antwortete Tristan mit einem freundlichen Lächeln, während er seine Lesebrille säuberte, die an einem Band um seinen Hals hing.

»Wie wär's mit einem Batida de Maracuja?«

Tristan nickte und der Barkeeper legte los.

»Was wird denn hier so getrunken?« Der Detektiv sah dem jungen Mann zu, wie er eine Flasche Zuckerrohrschnaps unter der Theke hervorholte und eine kleine Menge davon in einen Becher schüttete. Dann zauberte er eine Maracuja herbei, schnitt sie auf und presste sie aus.

»Die Leute trinken Mojito, Martinis und ein paar Piña Coladas«, antwortete er und begann die Flüssigkeiten zu mixen.

»Hat jemand Whisky bestellt?« hakte Tristan nach.

»Ja, zwei Männer«, er schüttelte noch einmal kräftig den Cocktail-Shaker, dann servierte er den Drink.

»Danke«, sagte Tristan und nippte an dem Batida. »Gut!«

Im Gesicht des Barkeepers ging eine tropische Sonne auf.

»Können Sie mir sagen, welche der Gäste es waren?« Tristan nippte erneut an seinem Glas.

»Einen von denen haben Sie vorhin hier rausgetragen«, antwortete der junge Mann vorsichtig, dann versank die tropische Sonne aus seinem Gesicht und ein Wirbelsturm zog auf. »Sein Tod hat doch nicht an dem Whisky gelegen?«

Darauf antwortete Tristan nicht, was den Barkeeper unruhig hin- und herwippen ließ.

Coco Müller stakste mit ihren hohen Absätzen die Treppe hinunter. In einer Hand hielt sie ihre Handtasche, während die andere fest auf dem Geländer ruhte. Vorsichtig setzte sie einen Fuß vor den nächsten. Man sah ihr an, dass sie diese Art von Schuhen nicht oft trug. Der Barkeeper sowie Tristan verfolgten fasziniert den Abstieg, was Coco bemerkte.

»Glotzen Sie nicht so«, rief sie tadelnd, ohne ihr eigenes Schamgefühl zu unterdrücken. Als sie den Boden erreichte, atmete sie erleichtert auf und seufzte: »Ich trage diese Dinger zum ersten Mal.«

»Möchten Sie was trinken?« fragte der Barkeeper und lächelte sie frech an.

»Danke, nein«, erwiderte sie und wandte sich an Tristan. Sie griff seinen linken Arm und führte ihn zu den leeren Büfetttischen. »Flender sagte, Sie vermuten, dass man etwas in Nils' Whisky geschüttet hat.«

»Hat der Polizeidirektor das offiziell verkündet?« Tristans Stimme bebte. »Das wäre nicht gut.«

»Nein, er hat es nur mir gesagt«, beschwichtigte Coco.

»Wieso?« wunderte sich der Detektiv.

»Ich bin Sozialarbeiterin«, antwortete die junge Frau, »bevor ich im Frauenhaus tätig wurde, habe ich die Sitte unterstützt. In dieser Zeit habe ich Flender kennengelernt und wie er das Verhalten Ihres Kakadus beschrieb, könnte man K.o.-Tropfen in das Glas gegeben haben. Sie haben bestimmt schon von diesen Betäubungstropfen gehört.«

Tristans graue Zellen benötigten einen Augenblick, bis das Gesagte einen Sinn ergab.

»Missbrauch an betäubten Opfern«, stöhnte er schließlich.

Coco nickte.

»Jedenfalls: Wenn jemand den Whisky mit K.o.-Tropfen versetzt hat, dann können wir das nachweisen«, erklärte sie weiter.

»Was?!« Tristan starrte sie verblüfft an. »Wie?«

»Es gibt seit einiger Zeit in der Drogerie einen K.o.-Tropfen-Test zu kaufen.« Sie grinste mit einem diabolischen Vergnügen und zog einen Papierstreifen aus ihrer Handtasche, mit dem sie vor Tristans Nase hin- und herwedelte. »Habe so etwas immer dabei. Wo ist das Glas?«

3

Der Detektiv verbarg mit einem gequälten Lächeln sein Entsetzen. Er hatte schon viel gesehen, einiges durchgemacht und zu seinem Selbstverständnis gehörte, dass er mit jeder Überraschung klarkommen würde. Dann hatte Coco diesen Papierstreifen aus ihrer Handtasche gezogen. Tristans Welt bebte gewaltig. Die tektonischen Verschiebungen in seinem Weltbild erschütterten ihn. Wie konnte es so weit kommen, dass Frauen damit rechnen mussten, in geselliger Runde betäubt zu werden? Und wo blieb der gesellschaftliche Aufstand? Stattdessen gab es einen Test, den man in der Drogerie kaufen konnte!

»Kommen Sie!« Coco steckte den Streifen in ihre Handtasche und ging zu einem der Kleiderständer.

»Ja, sofort.« Tristan schüttelte den Kopf, um seinen verstörenden Gedanken eine neue Richtung zu geben.

Sie suchte ihren Mantel und einen Beutel, der auf dem Boden lag. Aus dem Beutel zog sie ein paar Winterschuhe.

»Die kluge Frau baut vor«, grinste sie und wechselte von High Heels auf winterfest. »So, das ist viel besser.«

Tristan nahm seine Strickjacke, die sich klamm und kalt anfühlte. Er zog sie widerwillig über und folgte Coco hinaus.

Das Schwedenfeuer war niedergebrannt. Der verkohlte Rest wurde langsam von einer weißen Decke verschluckt.

Sie stapften durch den Schnee und ein weiteres Mal wirkte die Strickjacke wie ein Wischmopp, der sich mit Schneeflocken vollsaugte. Schnaufend stieß der Detektiv die Tür zur Kaffeestube auf und entledigte sich schnell der nassen Jacke.

Coco streifte ihren Mantel ab und legte ihn über einen der freien Stühle. In ihrem festlichen Kleid und den klobigen Winterstiefeln wirkte sie wie Schneewittchen im Haus der Zwerge. Ihre elegante Erscheinung beschämte die rustikalen Möbel und deren momentane Benutzer. Was diese jedoch stur ignorierten. Während es dem Mobiliar schwerfiel, eine Reaktion zu zeigen, grinsten die Chauffeure Coco anzüglich an.

Holzbaum, Pfeiffer und Erich Roth bemerkten das schmierige Verhalten der Dienerschaft und schienen bereit, die Ehre von Tristans attraktiver Begleiterin zu verteidigen.

Bevor es jedoch zu einem Handgemenge kommen konnte, stellte der Detektiv Coco seinem Team vor und erklärte, was die junge Frau vorhatte.

»Helga, holst du bitte das Whiskyglas«, bat Tristan und zog sich mit seinen Freunden in eine Ecke des Cafés zurück.

Marlowe verharrte auf einer Stuhllehne neben dem Eingang zur Küche. Helga hatte den weißen Racker nicht aus den Augen gelassen. Als der Kakadu sein Herrchen erkannte, flatterte er los. Zum Glück genügte Marlowe ein kleiner Hüpfer, um auf Tristans Arm zu landen.

»Coco, das ist Marlowe«, sagte der Detektiv. »Marlowe, das ist Coco. Sei artig!«

»Träumerisch-süßer Abendschatten, / Rührungsvoll begrüß ich dich, / Ruhe bringst du allen Matten, / Bringst du Ruhe auch für mich?« plapperte Marlowe los.

»Oh, wie süß«, stieß Coco aus und griff nach seinem Gefieder.

Tristan erschrak und wollte schnell den Arm wegziehen, doch Marlowe ließ sich streicheln, was er nicht bei jedem zuließ.

»Er scheint Sie zu mögen«, stöhnte Tristan erleichtert. »Sonst hätten wir jetzt Ihre Hand verbinden müssen.«

Coco schüttelte den Kopf. »So ein schöner Vogel kann doch nichts Böses im Schilde führen.«

»Lassen Sie sich nicht von seinem Federkleid täuschen«, warnte Pfeiffer ernst, »ein Teufel steckt in ihm.«

»Hier, das Glas«, unterbrach Helga und reichte Tristan die Tupperdose.

»Was haben Sie vor?« wollte Holzbaum wissen.

»Ich erkläre es Ihnen«, antwortete der Detektiv. Er nahm das Glas aus der Dose und stellte es in die Mitte des Tischs. »Coco, wenn Sie so freundlich wären?«

Sie nickte und öffnete ihre Handtasche.

»Marlowes Verhalten ließ mich vermuten, dass etwas Stärkeres im Glas sein musste als Whisky. Das erwähnte Flender Coco gegenüber und Sie hatte die Idee, dass es sich eventuell um K.o.-Tropfen handeln könnte, mit denen man Nils Nolte betäubt hat. Und wie sich herausstellte, gibt es für diese Vergewaltigungsdroge sogar einen Test.«

Coco nickte und zeigte den Anwesenden den Teststreifen. Sie erklärte, dass es sich bei den sogenannten K.o.-Tropfen um Gamma-Hydroxybuttersäure handelt, kurz GHB. Dieses GHB wird in der Medizin als Narkotikum benutzt. Seine Wirkung hängt stark von der Dosierung ab. In geringen Mengen wirkt es aufputschend, da es Glutamat freisetzt. In größeren Mengen hemmt es die Dopaminausschüttung. Als Partydroge wurde es Ende der 90er Jahre in den USA entdeckt und kam dann als K.o.-Tropfen nach Europa. Die Gefahr bei GHB lag darin, dass man, um stimuliert zu werden, genau die richtige Dosierung zu sich nehmen musste. Wollte man jedoch betäuben, galt das Gleiche, bloß konnte es lebensgefährlich werden, wenn eine Überdosierung vorlag, da diese zu Atemstillstand und Tod führte.

»Dieser Papierstreifen reagiert auf GHB, wenn es im Whisky ist«, sagte Coco und tippte ihren Zeigefinger in das Glas. Anschließend strich sie den befeuchteten Zeigefinger über den Teststreifen.

Einen Augenblick später verfärbte sich dieser.

»Ach du Scheiße!« stieß sie überrascht aus. »Nils wurde umgebracht.«

4

»Mord?« Pfeiffer starrte ungläubig auf den verfärbten Papierstreifen. »Mord!« wiederholte er, »ganz sicher?!«

»Es ist Gamma-Hydroxybuttersäure also GHB in dem Whisky«, erklärte Tristan. »Die kommt ja nicht von selbst in das Glas.«

Die Polizisten Werner Holzbaum und Norbert Pfeiffer sahen sich an.

»Was machen wir jetzt?« fragte Holzbaum seinen Chef. »Flender wird das gar nicht gefallen.«

»Vielleicht sollten wir das nicht an die große Glocke hängen«, meinte Erich. Der Diakon war weit weg von seiner Gemeinde in der Altstadt Siegens, aber er wusste, wie Menschen reagieren. Als junger Mann war er durch Schwarzafrika gepilgert und hatte dabei tief in die Seelen der Menschen blicken können. »Wenn Sie jetzt von Mord sprechen, wird sich automatisch jeder die Frage nach dem Täter stellen«, sagte er in seiner beruhigenden Baritonstimme.

»Ja, natürlich«, zischte der Hauptkommissar, »den wollen wir ja zur Rechenschaft ziehen!«

»Herr Pfeiffer, die Leute können nicht weg«, antwortete Erich. »Wir sitzen hier fest und das mit einem Mörder! Es ist eine Familienfeier, da werden früher oder später Vorwürfe um sich greifen. Was glauben Sie denn, wie lange es dauert, bis die Menschen aufeinander losgehen?«

»Und was schlagen Sie dann vor?« knurrte Pfeiffer.

»Wir gehen behutsam an die Sache heran«, mischte sich Tristan ein. »Sozusagen verdeckt!«

»So?! Verdeckt, behutsam!« Pfeiffer schüttelte den Kopf. »Verschweigen wir das auch Flender?«

»Wilhelm könnte zu einem Problem werden«, murmelte Tristan nachdenklich. »Er ist in manchen Dingen unflexibel.«

»Sie meinen, er hält sich strikt an die Vorschriften«, maulte Pfeiffer.

»Ja, das meine ich«, nickte Tristan. »Er wird sofort Maßnahmen ergreifen, die eine verdeckte Ermittlung unmöglich machen würden.«

»Wenn wir uns einig sind, braucht er ja im Moment nichts von dem Testergebnis zu erfahren«, wagte Holzbaum vorzuschlagen.

Pfeiffer blickte durch seine Nickelbrille auf den Kollegen, als würde er plötzlich vor einem Außerirdischen stehen. Sein leicht irrer Gesichtsausdruck entstand durch die Kollision zweier Gedanken, die seine Neuronen im Gehirn zum

Glühen brachten. Der erste Gedanke, den Polizeidirektor im Dunkeln zu lassen, amüsierte ihn. Der Gedanke wirkte wie eine Feuerwerksrakete, die in den Nachthimmel schoss und bunt explodierte. Doch während das kurze Feuerwerk erlosch, brannte der zweite Gedanke wie ein glühendes Eisen in seine Gehirnzellen und flutete sie mit Stresshormonen. Er dachte daran, was wohl geschähe, wenn Flender sie zur Rechenschaft ziehen würde.

Dass sein sonst so vernünftig handelnder Partner Holzbaum einen derartig unvernünftigen Vorschlag aussprach, gab Pfeiffer schließlich den Rest. Der Hauptkommissar musste sich setzen und sagte einen Augenblick nichts. Die anderen starrten ihn an und warteten.

»Wie wollen wir unsere Ermittlungen kaschieren?« fragte Pfeiffer schließlich ganz leise.

»Es hat einen tödlichen Unfall gegeben«, erklärte Tristan, »da ist es doch selbstverständlich, dass ein paar Nachforschungen seitens der Polizei betrieben werden. Coco, haben Sie Flender von dieser Testmöglichkeit berichtet?«

»Nein«, antwortete sie.

»Dann könnten wir im Moment so tun, als würden wir die üblichen Nachforschungen anstellen«, erwiderte Tristan überzeugt.

»Ja, das könnte klappen«, nickte Holzbaum und ergänzte skeptisch: »Allerdings dürften Sie, Herr Irle, da nicht aktiv werden. Das würde Flender sicherlich auffallen.«

»Ich bleibe im Hintergrund«, nickte Tristan.

»Jetzt arbeiten wir schon mit einem Schnüffler zusammen«, stöhnte Pfeiffer missbilligend.

»Chef, wir machen es so oder wir sagen es Flender direkt«, mahnte Holzbaum.

»Der gibt es dann an seinen Kumpel Deichmann weiter«, sagte Erich laut. »Die Folge wird sein, dass jeder der Anwesenden plötzlich unter Druck gerät und seine Unschuld beweisen will.«

»Damit könnte man arbeiten«, antwortete Pfeiffer viel zu laut.

»Vergessen Sie nicht, dass da drüben eine Familienfeier stattfindet. Den Gästen wird schnell klar werden, dass sie ihre Freunde und Verwandten beschuldigen, wenn sie sich selbst entlasten wollen«, erklärte Erich ruhig. »Wenn der Zeitpunkt eintritt, wird niemand mehr ein Wort sagen oder alle werden lügen!«

»Wir haben außerdem nicht alle Zeit der Welt«, warf Tristan ein. »Wenn morgen die Straßen wieder frei sind, dann kommt der Mörder davon.«

Pfeiffer warf dem Detektiv einen verärgerten Blick zu. »Wie kommen Sie denn darauf? Natürlich können wir den Mörder auch noch morgen überführen!«

»Herr Pfeiffer, wenn die Gesellschaft auseinandergeht, werden Sie die Ereignisse nicht mehr rekonstruieren können, weil sich keiner mehr genau erinnert oder erinnern will. Es bleiben Ihnen dann nur Indizien«, erklärte der Detektiv eindringlich.

»Die Indizien reichen völlig aus, um einen Mörder zu verurteilen«, entgegnete Pfeiffer genervt.

»Das GHB lässt sich maximal bis sechs Stunden nach dem Einnehmen im Blut nachweisen«, warf Coco ein. »Danach kann man keinen Unterschied mehr zum körpereigenen GHB feststellen.«

»Gilt das auch bei einem Toten?« Pfeiffer verengte die Augen und starrte sie einen Moment an.

»Das kann ich nicht mit Bestimmtheit sagen«, antwortete Coco verunsichert. »Aber Sie sollten auf die Leiche achten. Ist das zugeführte GHB nicht mehr vom körpereigenen zu unterscheiden, haben Sie nicht einmal mehr den Beweis für einen Mord.«

»Die Leiche ist tiefgefroren, das hilft sicher«, entgegnete der Hauptkommissar entschlossen. Es schien, als wollte er sich selbst bestätigen.

»Pfeiffer, wir sollten kein Risiko eingehen und erst verdeckt ermitteln«, mahnte Tristan. »Auch wenn Ihnen das nicht gefällt!«

»Irle hat recht, Chef«, nickte Holzbaum.

»Hier entwischt uns keiner«, maulte der Hauptkommissar. Dann stand er auf und ging zur Garderobe. »Fangen wir an.«

»Warten Sie! Wir sollten uns absprechen!« rief Tristan, doch Pfeiffer stampfte bereits durch die Tür nach draußen.

5

Nachforschungen unter erschwerten Bedingungen gehören zu den Herausforderungen im Polizeigewerbe. Dabei definiert jeder Kommissar oder jede Kommissarin für sich, was er oder sie als erschwerte Bedingungen bezeichnen. Für Hauptkommissar Pfeiffer gehörte eindeutig die Anwesenheit seines Chefs und die eines Privatdetektivs dazu. Darüber hinaus sorgte Pfeiffers starker Tatendrang für Komplikationen. Der Beamte gehörte zu der Sorte Mensch, die kognitive Abläufe mit motorischen Aktionen, wie lautes Schreien, gezieltes Abfeuern einer Schusswaffe oder einer halsbrecherischen Verfolgungsjagd, kompensierten. Was zu Komplikationen im zwischenmenschlichen Bereich durch lautes Geschrei zu blutigen Verletzungen bei Schusswaffengebrauch und reichlich Schrott bei Verfolgungsjagden führte.

Eine Hochgeschwindigkeitsverfolgung durch die Siegener Innenstadt wäre aber genau das richtige Mittel gegen Pfeiffers momentanes Stresslevel gewesen. Stattdessen musste er zu Fuß durch einen halben Meter hohen Schnee stelzen. Kein brauchbares Ventil stand zur Verfügung, um Druck abzulassen. Und es wurde noch schlimmer, die Situation mahnte dazu, behutsam vorzugehen. Das letzte Mal, als er behutsam vorgegangen war, gab es noch die Boy-Band „Take That“.

Der Hauptkommissar riss die Glastür auf und schüttelte die hartnäckigsten Flocken, die sich am Mantel festkrallten, zu Boden. In einer schwungvollen Bewegung entledigte er sich des Kleidungsstücks und suchte nach einer Garderobe. Die fand er neben der Karibik-Bar. Ihm fiel der gelangweilt dreinblickende Barkeeper auf und er meinte, dass dieser Mann viel zu sorgenfrei dreinschaute, was ihn eindeutig verdächtig machte.

»Waren Sie den ganzen Abend hier?« fragte er den Barkeeper barsch, ohne sich den Luxus einer freundlichen Begrüßung zu leisten.

»Ja! Wer will das wissen?« erwiderte der junge Mann wenig begeistert.

Pfeiffer zückte seinen Ausweis, was dem Barkeeper ein mattes Lächeln ins Gesicht zauberte. Eingeschüchtert war er von dem Polizisten kein bisschen.

»Was wollen Sie wissen?« fragte er mit einem leicht höhnischen Lächeln.

In diesem Moment wurde die Glastür erneut aufgerissen und Tristan trat herein. Pfeiffer und der Barkeeper sahen den Detektiv schweigend an. Wieder streifte sich Tristan seine Strickjacke ab und hängte sie über einen Barhocker.

»Sie sollten sich eine ordentliche Winterjacke zulegen«, schlug der Barkeeper vor.

»Irgendwann«, antwortete der Detektiv. »Und, hat der Hauptkommissar Ihnen schon auf den Zahn gefühlt?«

»Er war gerade dabei«, antwortete er, ohne auf Pfeiffer zu achten. »Sie kennen sich?«

»Ja, wir kennen uns«, erklärte der Detektiv.

»Schön, dass sich hier alle kennen«, maulte der Hauptkommissar und blinzelte den Barkeeper skeptisch an.

»Der junge Mann konnte mir sagen, wem er das Glas mit Whisky ausgeschenkt hatte«, ergänzte Tristan.

»Sie meinen das Glas des Opfers«, murmelte Pfeiffer.

»Opfer!« rief der Barkeeper überrascht, die Langeweile verflüchtigte sich.

»Ja, Opfer«, flüsterte Pfeiffer. »Und so, wie es aussieht, haben Sie Nils Nolte ein vergiftetes Glas hingestellt.«

»Was?!« Die Augen des Barkeepers weiteten sich und er blickte verstört zu Tristan.

»Kannten Sie Nils Nolte?« fragte der Detektiv.

»Nein«, stieß der junge Mann nervös aus. »Ich helfe Anne aus, wenn sie einen Barkeeper benötigt. Die Herrschaften hier sind mir alle fremd.«

»Sie drücken sich gewählt aus«, bemerkte Pfeiffer.

»Ja, und! Ich studiere Germanistik«, antwortete er hastig, dann fiel ihm ein: »Dieser Nolte hat sich das Glas geschnappt und ist damit nach oben gegangen, ohne daran zu nippen.«

»So, ist er das?« Der Hauptkommissar fixierte den jungen Mann, und man sah ihm an, dass er diesen Augenblick genoss, dann warnte er: »Sprechen Sie vorläufig mit niemandem über dieses Gespräch. Haben Sie das verstanden!«

»Ja, habe ich«, nickte der Barkeeper.

»Gut, dann wollen wir uns mal oben umsehen«, schnaufte Pfeiffer und steuerte die Treppe an.

»Nehmen Sie es gelassen«, flüsterte Tristan dem jungen Mann zu und folgte Pfeiffer.

Das war der Augenblick, als Tristan Kanzler Tyrion Haberland begegnete und seine Tarnung als Aushilfskellner aufflog.

»So ein Mist«, fluchte der Detektiv leise.

»Herr Irle, was machen Sie denn hier?« rief Tyrion laut. »Ermitteln Sie?«

Damit war die Überlegung, verdeckt vorzugehen, hinfällig. Tyrion stand an der Brüstung und empfing Tristan, der die Treppe hinaufging.

»Herr Deichmann, kennen Sie Siegens berühmten Detektiv?« fragte der Kanzler laut den Gastgeber.

Alfons saß mit seiner Frau Edda in der Ecke, die ihnen Benno eingerichtet hatte. Der Unternehmer sah auf und schüttelte den Kopf. Er hielt einen Zettel in der Hand. Tristan bemerkte, dass jeder, der in dieser Runde saß, auf einen Zettel starrte. Sie schienen wirklich Bingo zu spielen, eine Art elektronisches Bingo, wobei ein Handy die Zahlentrommel ersetzte.

»Nein, Herrn Irle kenne ich nicht«, antwortete Alfons und lenkte jetzt endgültig die Aufmerksamkeit auf den Detektiv. »Wilhelm, du kennst diesen Mann doch sicherlich?«

»Ja, das tue ich«, schnaufte Flender, der sich ebenfalls erhob.

»Was macht ein Detektiv auf meiner Feier?« fragte Alfons freundlich und dabei war nicht klar, ob er den Polizeidirektor oder den Privatdetektiv ansprach. Sein Tonfall jedoch weckte bei den Anwesenden sofort das Gefühl, vom strengen Lehrer erwischt worden zu sein.

»Nun, eigentlich unterstütze ich meine Lebensgefährtin«, antwortete Tristan freundlich.

»Eigentlich?!« hakte der Geschäftsmann nach. »Heißt das, dass Sie jetzt etwas anderes unterstützen?«

Pfeiffer, der völlig unbeachtet zwischen Tristan und Alfons stand, begann unruhig hin- und herzuwippen. Der Hauptkommissar bemerkte, wie sich Flenders Gesichtsausdruck verdunkelte.

»Herr Irle hat den Verdacht, dass Nils Nolte ermordet wurde«, platzte es aus Pfeiffer heraus.

In diesem Moment hätte Tristan den Hauptkommissar am liebsten hinaus in den Schneesturm geworfen. Er ließ sich seine Wut jedoch nicht anmerken und ergänzte: »Ja, in der Tat, Herr Deichmann, es gibt Hinweise, dass Nils Nolte ermordet wurde.«

»So, und wann gedachten Sie, mir das mitzuteilen«, polterte Flender in einer Lautstärke, die selbst den DJ am Ende des Saals zusammenzucken ließ - und der war laute Beats gewohnt.

Im Nachhinein stellte sich der Wutausbruch des Polizeidirektors als äußerst nützlich heraus.

Die schockierende Erkenntnis, dass Nils umgebracht wurde, verdrängte einen möglichen Streit zwischen einem Untergebenen – Pfeiffer – und seinem Chef – Flender – und war deutlich unterhaltsamer.

»Jetzt beruhige dich«, mahnte Tristan, was genau das Gegenteil bewirkte.

Flender trat einen Schritt auf den kleineren Detektiv zu.

»Sag mir nicht, was ich zu tun habe!« knurrte er.

»Wir sind erst vorhin auf die Hinweise gestoßen«, entgegnete Tristan. »Wir wollten es dir jetzt sagen.«

Das war eine Lüge, aber Pfeiffer würde ihn sicherlich nicht verpfeifen.

Flender visierte Pfeiffer an. »Ist das wahr?«

Sein skeptischer Tonfall teilte Folgendes mit: Flender hätte es nicht einmal geglaubt, wenn es am blauen Himmel geschrieben stände.

Pfeiffer nickte.

»Dann war es kein Unfall, dass Nils erfror?« mischte sich Alfons ein.

»Nein«, antwortete Tristan. »Irgendjemand hat nachgeholfen.«

6

Es war jedem Anwesenden sofort bewusst, was Tristan andeutete. Niemand äußerte sich jedoch. Alle blickten auf den Boden, zu ihren Partnern oder ins Glas, das sie in der Hand hielten, bis Edda Deichmann nüchtern feststellte: »Wir haben also einen Mörder unter uns.«

Die Ehefrau von Alfons sprach das Offensichtliche laut aus. Sie gehörte zu dem Typ Unternehmerfrau, der im Hintergrund agierte. Nur in seltenen Fällen trat sie bei offiziellen Firmenveranstaltungen auf. Dann wirkte sie souverän und dank eines guten Kleidergeschmacks war sie immer elegant angezogen. Sie kümmerte sich um den Haushalt und um die zahlreichen Ehrenämter, die sie begleitete. Der engere Kreis, das waren all jene, die in der Firma Entscheidungen trafen, wusste allerdings, dass Edda immer auf dem Laufenden war, was die Geschäfte und die Stimmung in der Firma anging. Nicht selten war sie der Kompass, den Alfons benötigte, um das Firmenschiff in sichere Gewässer zu führen. Als vor einigen Monaten eine ärztliche Diagnose wie eine hinterhältige Sprengfalle ihr gesamtes Leben änderte, krempelte sie die Arme hoch und passte sich der neuen Situation an. Jammern war etwas, das Verlierer taten, deshalb wusste so gut wie niemand etwas von ihrer Krankheit. Ihr Körper mochte sich verändern, ihr aufrechter Charakter blieb.

Edda stand langsam auf. Sie trug eine maßgeschneiderte Kombination aus Blazer und Rock.

»Wenn ihr mich entschuldigt, ich würde jetzt gerne das Angebot der Ferienwohnung annehmen.« Sie blickte zu Benno, ihrem Patenkind. »Wenn du mich rüberbringen könntest?«

»Ja, sicher«, antwortete der Forstbeamte.

»Ich komme mit«, sagte ihr Ehemann.

Edda nickte und langsam schlichen die drei zur Treppe.

Die Mordermittler ließen die drei im Waldlandhaus zurück, was dem Forstbeamten, der eigentlich Forstwissenschaft betrieb, ganz recht war. Benno Weigel war seit seiner Jugend mit dem Wald verbunden. Länger als er lebte, wurden Wälder im Kreisgebiet immer auch forstwirtschaftlich genutzt. Überall hatte man in der Vergangenheit Häuser für die Försterfamilien gebaut. Das Forsthaus Hohenroth wurde 1854 das erste Mal erwähnt. Anfang des 20. Jahrhunderts renovierte man das Gebäude. Nach dem Krieg bekam das Haus einen Stromanschluss, aber bereits in den 30ern richtete man eine kleine Gaststätte ein. Sie wurde gerne von Händlern, Fuhrleuten und Holzfällern besucht. Lange Zeit lebten Förster mit ihren Familien in dem abgelegenen Haus, was bei durchschnittlich 200 Nebeltagen eine Herausforderung werden konnte. Zwischen 2002 und 2006 baute das Forstamt Hilchenbach die Gebäude so um, wie sie noch heute genutzt wurden. Die engen Korridore und Treppen konnten die Architekten nicht verändern, sie waren geblieben.

Wenn auch heute kein Förster mehr in dem Haus wohnte, so blieb doch die Forstwirtschaft für das Siegerland und das Wittgensteiner Land eine seit Jahrhunderten bestehende Einkommensquelle.

Der Kreis Siegen-Wittgenstein ist einer der waldreichsten Kreise in Deutschland. In Wittgenstein zählt die Fürstenfamilie zu den großen Waldbauern, während im Siegerland 200 Waldgenossenschaften den Wald in der historisch gewachsenen Nutzungsform der Hauberge betreiben. Da der Wald immer als Nutzungsraum betrachtet wurde, pflanzte man schnell wachsende Bäume. Mit 36 % führten hier Fichtenplantagen den Bewuchs an. Das rächte sich nun. Weniger Niederschlag – eigentlich ein Glücksfall für die Einheimischen, aber für durstige Fichten der Tod – machte den Klimawandel auch im Kreisgebiet sichtbar. Das führte langsam zum Umdenken und man begann, vermehrt Buchen und Eichen zu pflanzen. Im Staatswald auf dem Rothaarkamm nahm die Buche noch über ein Drittel der Waldfläche ein. Die hochragenden Bäume ließen Raum für andere Pflanzenarten, was den Wald für jeden Naturliebhaber trotz Hitzewellen zu einem magischen Ort machte. Aber bei aller Romantik, eine Buche wächst nun mal langsamer als eine Fichte. Für jemanden, der seine Familie mit dem Verkauf des Holzes aus den Wäldern ernähren muss, eine bedrohliche Angelegenheit. Selbst die Haubergsleute, die samstags mit ihren Treckern über schmale Wege in den Wald knatterten, um ihr Feuerholz zu schlagen, änderten ihre Meinung. In den sogenannten Niederwäldern, die aus strauchartigen Bäumen und Büschen bestanden, wurden vermehrt Eichen und Birken gepflanzt.

Benno Weigel hatte es sich zur Aufgabe gemacht, die Probleme des Klimawandels für die Forstwirtschaft als Herausforderung zu verstehen. Man konnte ihn als einen Baumflüsterer verstehen, der in den heimischen Wäldern nach Lösungen suchte. Gefunden hatte er stattdessen Joline. Zum ersten Mal getroffen hatten sie sich bei einer Jagdgesellschaft, die sie für Alfons organisiert hatte.

Er war von der quirligen Person mit einem Befehlston, der Kompanien schwenken ließ, angetan. Dass ihr Freund gerade an diesem Abend ins Totenreich einkehren sollte, war ein böses Omen.

Benno half seiner Patentante die schmale Treppe hinauf zur Ferienwohnung, die im ersten Stock des alten Fachwerkhauses lag.

Edda biss die Zähne zusammen und meisterte die schmale Treppe mit Bravour. Müdigkeit übermannte sie und erleichtert ließ sie sich auf die Bettkante nieder.

»Danke, Junge«, stöhnte Edda. »Jetzt kommen wir alleine klar. Geh zurück und amüsiere dich.«

»Wirklich?« fragte Benno.

»Ja, hau ab«, brummte Alfons, »wir sind noch keine Pflegefälle.«

»Hast du deine Medikamente?« Benno sah seine Tante besorgt an.

»Ja, habe ich«, erwiderte Edda und öffnete ihre Handtasche, der sie einen kleinen Medikamentenbeutel entnahm. »Vielleicht könntest du unten in der Küche Bescheid geben, dass wir etwas Wasser benötigen.«

»Ein starker Kaffee wäre ebenfalls nicht schlecht«, ergänzte Alfons.

Benno wollte einwenden, dass sie sich in einer Ferienwohnung befanden, die eine Kaffeemaschine besaß, ließ es jedoch sein und antwortete stattdessen: »Ich sage der Küche, sie sollen euch Kaffee und Wasser sowie eine Kleinigkeit zu essen raufbringen.«

»Das wäre toll«, nickte Edda, streifte die Schuhe ab und streckte sich langsam auf dem Bett aus.

Benno verließ die Wohnung und stieg die schmale Treppe hinab. Sie führte in einen schmalen Flur, der den Seiteneingang, den Zugang zum Keller und den Toiletten sowie den Hintereingang zur Kaffeestube verband. Er war schlicht gehalten und an den Wänden hingen zwei große Fotografien, die Hirsche auf einer Wiese zeigten. Außerdem hing eine Infotafel an der Wand, die Auskunft über Räume und Fluchtwege gab, wie man sie aus Hotels kannte. Er öffnete die Tür zur Kaffeestube und trat ein.

Dort sortierten Helga, Anne und ein paar ihrer Helfer das gespülte Geschirr. Coco, Holzbaum und Erich saßen etwas abseits an einem

Tisch und beschäftigten Marlowe. Der Kakadu schien die Sozialarbeiterin ins Herz geschlossen zu haben. Er ließ sich bereitwillig an der Brust kraulen und sträubte immer wieder seinen Kamm, wenn Coco die Hand wegnehmen wollte.

»Was ist das denn?« wunderte sich Benno und trat vorsichtig zu den beiden.

»Das ist Marlowe«, antwortete Coco.

Marlowe drehte seinen Kopf, bis seine zwei Knopfaugen den Holzfällertyp fixierten, dann brabbelte er: »Es war einmal ein stolzer Ritter, / der wurde beim Turnier bloß Dritter. / Das ging dem Armen derart nah, / dass man ihn lebend nicht mehr sah.«

»Das war nicht nett«, schimpfte Erich.

Marlowe wandte sich wieder Coco zu und hüpfte unbekümmert auf ihren Arm.

»Ups«, stieß sie aus. »Was mache ich jetzt?« Sie blickte panisch zu den Männern.

»Ganz ruhig! Heben Sie einfach den Arm. Marlowe balanciert jede Ihrer Bewegungen aus«, erklärte der schwergewichtige Holzbaum, der das selbst lernen musste.

Coco nickte, Benno staunte und Helga rief: »Erich, wenn du uns helfen könntest, wäre das hilfreich!«

»Oh, oh«, brummte der Diakon und stand auf.

Benno trat instinktiv einen Schritt zurück, als sich der Zwei-Meter-Mann erhob.

»Was führt Sie in die Kaffeestube?« fragte Coco, die Marlowe nicht aus den Augen ließ.

»Wir haben Edda hoch in die Ferienwohnung gebracht«, erklärte Benno, fasziniert von Marlowe.

»Geht es Frau Deichmann nicht gut?« hakte Coco nach.

»Die ganze Aufregung schlägt sich nieder«, antwortete Benno. »Wen muss ich hier nach Wasser und einem Kaffee fragen?«

Coco deutete auf Anne.

»Du wirst mir jetzt zu schwer«, sprach Coco zu Marlowe und rief: »Wie werde ich ihn wieder los?«

»Nie wieder«, antwortete Helga mit einem breiten Grinsen. »Stupsen Sie ihn vom Arm.«

Coco versuchte es, doch sie war zu zaghaft. Marlowe blieb sitzen.

»Fester!« rief Helga.

Coco fasste Mut und dieses Mal verstand der Kakadu. Er flatterte zwei, drei Mal mit den Flügeln und landete auf der Tischplatte. Von da aus hüpfte er auf die Lehne eines Stuhles und begann sein Gefieder zu pflegen.

Coco folgte Benno an die Theke, wo sich der Forstwissenschaftler an Anne wandte.

»Könnten Sie Wasser und eine Kanne Kaffee nach oben in die Ferienwohnung bringen?« Er wirkte gestresst und schaute auf die Uhr. »Es wäre vielleicht gut, wenn Sie drüben im Waldlandhaus mal nachfragen würden, ob jemand noch was essen möchte.«

»Kein Problem, das mache ich gleich«, antwortete Anne. »Helga, würdest du die Getränke nach oben bringen?«

Helga nickte. »Ich stelle noch eine kleine Häppchenplatte zusammen.«

»Ja, das wäre gut«, erwiderte Anne und folgte Benno, der durch den Nebeneingang zurück zum Waldlandhaus ging.

7

Im Festsaal stöhnte Flender, als die Deichmanns mit Benno verschwunden waren. »Na gut, wer klärt mich jetzt auf?«

Pfeiffer hob die Hand wie ein Schuljunge, was der Polizeidirektor mit einem verächtlichen Schnaufen quittierte. Er schob den Hauptkommissar in eine Ecke, wo Pfeiffer ihn auf den neuesten Stand brachte.

Unterdessen wurde Tristan von einem jungen Mann angesprochen. Er stellte sich als Vetter von Bea Deichmann und Nils Nolte vor.

»Mein Name ist Emil Daub, nennen Sie mich aber ruhig Emil. Das schlage ich allen meinen Patienten vor.« Zwei freundliche braune Augen sahen den Detektiv an.

»Sind Sie Arzt?« fragte Tristan.

»Oh, nein! Ich bin Physiotherapeut«, antwortete er stolz. »Sollten Sie es mit dem Rücken haben oder eine verspannte Schulter, dann sind Sie bei mir richtig.«

»Noch hält mich mein Aikidotraining in Form«, erwiderte der Detektiv.

»Sie betreiben Kampfsport«, staunte Emil und sah auf Tristans leichten Bauchansatz. »Wie oft in der Woche trainieren Sie denn?«

Tristan bemerkte Emils Blick und antwortete: »Im Moment schaffe ich es nur zwei Mal im Monat, aber das muss sich ändern.« Er klopfte auf seinen Bauch.

Der Physiotherapeut nickte. Einen Moment wägte er ab, ob der Small Talk höflich genug war und fragte schließlich nach dem, was ihn die ganze Zeit interessierte: »Ist das wahr, dass mein Vetter ermordet wurde?«

»Ja, so sieht es aus«, antwortete Tristan und betrachtete die Gäste. »Wer aus dieser Gesellschaft könnte ein Motiv haben?«

»Ist das Ihr Ernst?« Emils Stimme klang einen Ton zu laut. Er fasste sich und flüsterte: »Hier führt jeder gegen jeden ein kleines Gefecht aus.« Der Physiotherapeut nickte, als wollte er das Gesagte damit unterstreichen. Er ließ die Worte auf Tristan wirken. »Als Erstes würde ich mir Robbie Schungel vorknöpfen.« Emil deutete auf einen Mann, der sich mit Joline Jung unterhielt.

»Aus welchem Grund?« fragte Tristan.

»Nils sollte die Baufirma übernehmen, die Robbies Vater gehört. Wenn das kein Motiv ist!« Der Kopf des Physiotherapeuten nickte nachdenklich.

»Na, was wird denn hier ausgeheckt?« Die Frage kam von Bea Deichmann, Nils' Schwester. Sie trug ein teures Kleid von Gucci, das ihre sportliche Figur betonte. Dafür, dass ihr Bruder gerade verstorben war, wirkte sie auffällig gut gelaunt.

»Nichts hecken wir aus«, antwortete Emil sanft. »Ich habe mich danach erkundigt, ob es wirklich …«

»… Mord war«, beendete Bea den Satz. »Sprich es ruhig aus. Ich bin nicht so zerbrechlich, dass ich hier anfangen würde zu heulen.«

»Du scheinst es recht gut zu verkraften«, bemerkte Emil mit einem anklagenden Ton.

»Herr Irle, so heißen Sie doch.« Sie reichte dem Detektiv die Hand. »Bea Deichmann, meine Wenigkeit. Angehende Unternehmerfrau, die gedenkt, in die Fußstapfen meiner Schwiegermutter zu treten. – Da werde ich ganz sicher keine Schwäche in der Öffentlichkeit zeigen.«

Emil glotzte seine Cousine verständnislos an.

»Mensch, Emil«, zischte Bea verärgert. »Du weißt genau, wie er sein konnte.« Sie sah zu Tristan. »Ja, er war mein Bruder, aber er konnte auch ein echtes Arschloch sein, gerade wenn es um Geschäfte ging.«

»Sie standen sich also nicht nahe?« hakte der Detektiv nach.

»Wir waren Geschwister, da steht man sich, ob man will oder nicht, nahe«, konterte Bea. »Aber die Termine, an denen ich mich mit ihm treffen *musste*, habe ich immer genauestens ausgewählt.«

Der Detektiv ließ das „musste" unkommentiert und fragte stattdessen: »Wer von den Anwesenden hätte Ihrer Meinung nach ein Motiv?«

»Emil hat Ihnen sicherlich Robbie genannt. Nicht wahr?« Sie fixierte ihren Vetter und ihr Gesichtsausdruck verriet tiefe Verachtung.

»Ja, dieser Name fiel«, nickte Tristan.

»Ja, das sieht dir ähnlich, Emil. Viel Fantasie hattest du ja noch nie«, ätzte sie und sagte dann: »Ich würde mir Joline genauer ansehen«.

»Die Freundin?« wunderte sich Emil.

»Ja! Ihr habt nämlich nicht mitbekommen, dass es seit einigen Wochen zwischen Nils und Joline nicht mehr rundlief. Und bei der Show, die die Pressetussi heute Abend ablieferte, würde ich bei ihr nachhaken. – Entschuldigt mich, ich will nach meinem Mann sehen.« Sie ließ die Männer stehen und gesellte sich zu Viktor, der mit Robbie und Hermann Schungel zusammenstand.

»Na, was soll man davon halten«, meinte Emil. »Wenn auch Sie mich entschuldigen würden? Ich muss mal wohin.«

Tristan nicke, denn den Lauf der Natur konnte man nicht aufhalten.

8

An einer anderen Ecke im Festsaal steckten die beiden Polizisten Flender und Pfeiffer immer noch die Köpfe zusammen. Der Polizeidirektor hätte liebend gern Hauptkommissar Pfeiffer so laut angebrüllt, dass man seine Worte noch in Netphen hätte hören können, doch er beherrschte sich. Ihm war aber klar, dass dieses Verhalten nicht dem Verhaltenskodex eines höheren Beamten entsprach. Erschreckend genug, dass jemand es wagte, in seiner Anwesenheit einen Mord zu begehen, da wollte er nicht auch noch durch unkultiviertes Auftreten seine Autorität untergraben.

»GHB, wer kommt denn auf so eine Idee? Das ist ganz sicher der neueste Stand!« fauchte Flender leise Pfeiffer an.

»Ja, Chef, das war alles«, nickte Pfeiffer.

»Irle werden wir jetzt nicht mehr los«, bemerkte Flender säuerlich und ballte eine Faust.

»Nein, das werden wir nicht«, musste der Hauptkommissar zugeben.

»Dann versuchen wir, das Beste daraus zu machen«, stöhnte Flender. »Wo steckt Holzbaum?«

»Er ist drüben in der Kaffeestube mit Erich Roth und den Chauffeuren«, antwortete Pfeiffer.

»Hat sich jemand die Chauffeure vorgenommen?« fragte Flender.

»Nein, sie waren die ganze Zeit im Café. Wie sollte einer von ihnen das Glas vergiftet haben?!«

»Pfeiffer!« Der Polizeidirektor schüttelte den Kopf. »Kennen Sie alle Gäste?«

»Nein«, antwortete der Hauptkommissar.

»Und woher wollen Sie wissen, ob sich nicht einer der Chauffeure hier eingeschlichen hat?« Flender zischte erneut wie ein Druckkessel, der Dampf ablassen will.

Pfeiffer wollte erwidern, dass die Herrschaften Abendgarderobe trugen und jeder andere in normalen Klamotten auffallen würde, doch dann erinnerte er sich daran, dass die Chauffeure alle dunkle Anzüge anhatten.

»Ich werde mich darum kümmern«, murmelte der Hauptkommissar.

»Jetzt gleich!« befahl Flender. »Es ist nicht hinzunehmen, dass Irle uns blamiert.«

Pfeiffer nickte und zog sich aus dem Saal zurück. Der Polizeidirektor sah sich einen Augenblick im Saal um. Es brodelte in Flender. Ruhig rumstehen passte ihm überhaupt nicht. Er nahm Tristan ins Visier und steuerte ihn direkt an.

Der Polizeidirektor schob die Gäste sanft aus dem Weg, als wären sie Seetang, der von einem Schiffsbug geteilt würde. Es waren nur ein paar Schritte, doch die genügten. Als er sich vor Tristan aufbaute wie Goliath vor David, hatte sich seine Wut schon merklich abgekühlt.

»Pfeiffer verhört die Chauffeure«, knurrte er Tristan an. »Daran hatte ja keiner von euch gedacht!«

Tristan erkannte, wann er besser den Mund hielt und nickte.

»Also«, stöhnte Flender laut, »das war ganz sicher Mord?«

Wieder nickte der Detektiv, während er Joline beobachtete.

»Na, wen beobachtest du?« fragte Flender und sein Kopf drehte sich wie ein Suchscheinwerfer hin und her.

»Joline Jung«, antwortete Tristan, »sie ist, oder besser war, Nils Noltes Freundin.«

»Ist das diese PR-Tussi?« bemerkte Flender abfällig. Er konnte Menschen nicht leiden, die einen besonderen Blick auf die Wahrheit hatten und diese sprachgewandt darlegten. Flender nannte sie „Schwätzer". Allerdings betitelte er auch Journalisten, Politiker und Gewerkschaftsvertreter mit der gleichen abfälligen Bezeichnung.

»Ja«, antwortete Tristan. »Aber du solltest sie nicht so nennen. Das gehört sich nicht.«

»Ach, das gehört sich nicht!« Das Geräusch aus Flenders Mund hätte ein Walross am Strand von Grönland als Herausforderung verstanden.

»Sie hat ihren Freund verloren«, mahnte der Detektiv. »Wir sollten nicht so taktlos sein, indem wir sie gleich als erste verdächtigen.«

Das überzeugte den Polizeidirektor.

»Da drüben ist sie!« Tristan zeigte auf Joline, die gerade von Robbie allein gelassen wurde. Doch lang blieb die junge Frau nicht allein. Benno Weigel ging mit einem Drink auf Joline zu.

»Kennst du diesen jungen Mann?« fragte der Detektiv.

»Ja, das ist Benno Weigel, Patenkind vom Gastgeber«, antwortete Flender. »Er hat gerade Edda rüber in die Ferienwohnung begleitet. Wir haben schon zusammen auf dem Hochsitz gesessen.«

»Sieht sehr vertraut aus, wie die beiden miteinander umgehen«, bemerkte der Detektiv.

Flender beobachtete, wie Joline den Drink entgegennahm und dabei mit einem Finger eine Strähne ihrer langen blonden Haare aufdrehte.

»Ne, echt jetzt«, staunte er.

»Wir sollten zu ihnen rübergehen und vorsichtig nachfragen«, schlug Tristan vor.

Flender nickte.

Joline und Benno waren so aufeinander fixiert, dass sie die beiden ungleichen Männer gar nicht kommen sahen.

»Entschuldigen Sie«, sprach Tristan Joline an, »aber geht es Ihnen gut?«

Joline lächelte und antwortete: »Danke, Herr Irle, aber ja, mir geht es den Umständen entsprechend gut.«

»Das muss doch ein Schock gewesen sein«, mischte sich Flender ein. »Ihren Freund so vorzufinden.«

»Ja, das war es«, nickte Joline, »aber – bitte verstehen Sie das jetzt nicht falsch – dass Nils ermordet wurde, hat mich erleichtert.«

Flender sah zu Tristan mit einem Gesichtsausdruck, den man nicht bei einem hohen Beamten sehen möchte, da er an Insassen einer Nervenanstalt erinnerte.

Joline merkte, welche Wirkung ihre Formulierung hatte und sagte hektisch: »Ich wollte damit sagen, dass ich froh bin, nicht an seinem Tod schuld zu sein. Ich hatte mir nämlich Vorwürfe gemacht, weil ich glaubte, dass Nils wegen mir zu viel getrunken hatte.«

»Vorwürfe?« wiederholte Flender.

»Ja, weil ich mit Nils Schluss gemacht habe«, erklärte sie.

»Wann genau war das?« Tristan behielt Joline im Auge, um jede verräterische Reaktion sofort wahrzunehmen.

»Als wir hier ankamen«, antwortete sie beschämt. »Ich weiß, kein guter Zeitpunkt.«

9

Auf der gegenüberliegenden Seite des alten Stalles, im Forsthaus, begann Helga schnell eine Platte zusammenzustellen. Als Coco sah, dass Helga Kaffeekanne, Wasser und Häppchenplatte nicht allein die schmale Treppe hinauf würde tragen können, bot sie ihre Hilfe an.

»Danke, dass Sie das übernehmen«, sagte Helga aufrichtig, als sie die schmale Treppe in den ersten Stock hinaufgingen.

»Kein Problem, so vergeht die Zeit schneller und ich denke nicht an den schrecklichen Mord«, antwortete Coco.

»Vermisst Ihr Freund Sie denn nicht?« wunderte sich Helga.

»Oh, sicher nicht«, antwortete Coco gereizt, »wenn er mit seiner Verwandtschaft zusammen ist, dann haben die immer was zu klüngeln, da sehe ich ihn kaum.«

Helga klopfte an die Wohnungstür.

»Kommen Sie herein«, rief Alfons von innen.

Sie betraten die Wohnung. Alfons saß in der Küche, sein Handy lag auf dem Küchentisch.

»Kein Empfang«, sagte er enttäuscht. »Nicht einmal die Mails kann man abrufen.«

Helga stellte die Häppchenplatte und die Kaffeekanne auf den Küchentisch. Coco trug zwei Wasserflaschen.

»Wohin hiermit?« fragte sie freundlich.

»Bringen Sie sie rüber ins Schlafzimmer«, bat Alfons.

Coco sah sich nach einem Glas um, fand eines in einem offenen Küchenschrank und ging zum Schlafzimmer.

Die Tür stand offen, sodass Edda die junge Frau kommen sah.

»Hallo, Coco, treten Sie ein«, stöhnte sie.

»Soll ich Ihnen etwas Wasser einschenken?« fragte Coco und stellte eine der Flaschen auf dem Nachttisch ab.

»Ja, das wäre nett«, erwiderte Edda müde.

Coco öffnete die Wasserflasche und füllte das Glas.

»Wenn Sie so nett wären, mir aus meinem Medikamentenbeutel noch meine Arznei zu geben?« bat Edda.

»Natürlich«, nickte Coco und öffnete den Beutel. Sie nahm ein kleines versiegeltes Fläschchen heraus und las das Etikett.

»Xyrem!« flüsterte Coco überrascht. »Das Medikament enthält Gamma-Hydroxybuttersäure?«

»Ja, das enthält es«, seufzte Edda traurig. »Ich leide an Narkolepsie, aber sagen Sie es nicht weiter.«

3. Die alte Wanduhr im Flur …

Mitternacht

Die alte Wanduhr im Flur der Ferienwohnung schlug zwölf Mal.

»Mitternacht«, sagte Coco, als sie vom Schlafzimmer in die Küche ging.

»Ja, das wird eine lange Nacht«, seufzte Alfons. »Wie geht es meiner Frau?«

»Sie ist eine Taffe«, antwortete Coco. »Es scheint ihr den Umständen entsprechend gut zu gehen.«

»Sie lässt sich nichts anmerken«, nickte Alfons. »Manchmal wünschte ich mir, sie würde nicht immer die Starke spielen.«

»Geht es Ihrer Frau nicht gut?« wunderte sich Helga, die zwei Tassen auf den Tisch stellte.

»Sie ist müde«, antwortete Alfons und beendete damit das Thema. »Danke, dass Sie uns das Essen und den Kaffee heraufgebracht haben. Wenn wir noch etwas benötigen, melden wir uns.«

Deutlicher konnte man einen Herauswurf nicht formulieren. Coco und Helga verließen die Ferienwohnung.

Als die beiden Frauen das Erdgeschoss erreichten, platzte es aus Coco heraus: »Ich weiß jetzt, wo das GHB herkam. Edda hat Narkolepsie!«

Helga sah die junge Sozialarbeiterin verdutzt an.

»Die K.o.-Tropfen!« ergänzte Coco, »mit denen man Nils vergiftete. Sie müssen von Eddas Medizin stammen.«

»Das sollten Sie Tristan mitteilen«, antwortete Helga und öffnete die Tür zur Kaffeestube. »Ich habe, ehrlich gesagt, nur die Hälfte von dem mitbekommen, was ihr heute Abend besprochen habt.«

»Ehrlich!« wunderte sich Coco und fasste die Ereignisse nochmals für Helga zusammen.

»Narkolepsie«, murmelte Helga, als Coco ihre Zusammenfassung beendete. »Was es nicht alles gibt.«

Die Pensionsbesitzerin hatte im Laufe der Jahre die Erfahrung gemacht, dass es durchaus von Vorteil sein konnte, wenn sie so tat, als gingen sie Tristans Ermittlungen nichts an. Menschen wurden gesprächiger, wenn sie sich sicher fühlten und Helga keine Bedrohung darstellte. So fiel ihr bei Cocos Darlegung sofort auf, dass die Sozialpädagogin von einem versiegelten Fläschchen sprach, wonach man Eddas Medikament nicht für Nils' Vergiftung benutzt haben konnte.

Sie betraten die Kaffeestube.

»Ist Tristan noch drüben im Waldlandhaus?« fragte Coco Erich, der sich um Marlowe kümmerte.

»Ja«, antwortete der Diakon und sah verärgert zum Tisch, an dem die Chauffeure saßen.

Die Männer hatten erkannt, dass sie in den nächsten Stunden kein Auto mehr fahren mussten und waren zu alkoholischen Getränken übergegangen. Das führte zu einem erhöhten Lärmpegel, zumal sie sich über Fußballmannschaften stritten.

»Meine Herren, bitte!« rief Helga laut.

In diesem Augenblick betrat Pfeiffer durch den Haupteingang die Kaffeestube. Es wurde schlagartig still. Ein plötzliches Schweigen konnte verwirrend und schleierhaft sein. Manchmal blieb es nicht einfach unbestimmt, sondern gewann eine klar definierte Richtung. Zum Beispiel jetzt. In Pfeiffer verdichtete sich der Eindruck, dass das Schweigen auf ihn zielte.

»Was?!« rief der Hauptkommissar und sah sich im Raum um.

»Nichts«, antwortete einer der Chauffeure. Sie steckten die Köpfe wieder zusammen und tuschelten miteinander.

»Wo ist Holzbaum?« Pfeiffer legte seinen Mantel ab und sah sich nach seinem Kollegen um.

Helga bemerkte jetzt erst, dass der schwergewichtige Kommissar nicht in der Stube war.

»Er ist raus gegangen«, erklärte Erich. »Ihm wurde das hier zu laut.«

»Bei diesem Wetter?!« Pfeiffer schüttelte den Kopf. »Seit wann ist er verschwunden?«

»Noch nicht lange«, antwortete Erich. »Helga, ich dachte, ihr hättet ihn noch im Flur getroffen.«

»Wir?!« Helga schüttelte den Kopf.

»Er ist durch den Hintereingang verschwunden, der führt doch ins Treppenhaus«, ergänzte Erich.

»Na, er ist ein erwachsener Mann und sollte wissen, was ihn da draußen erwartet«, schnaufte Pfeiffer und holte tief Luft. Er trat näher zu Erich, streckte sich, so gut er konnte und flüsterte: »Hat einer dieser Chauffeure heute Abend den Platz verlassen?«

»Sie sind aufgestanden und zur Toilette gegangen«, antwortete der Diakon und deutete auf den Hinterausgang, der zu den Toiletten führte.

»Keiner ist nach draußen verschwunden?« hakte Pfeiffer nach.

»Das kann ich nicht sagen. Aber keiner ist durch diesen Eingang gegangen.« Erich zeigte ein weiteres Mal auf den Hintereingang. »Das hätte ich bemerkt.«

Pfeiffer wandte sich an Coco und Helga. »Ist Ihnen aufgefallen, dass einer der Männer nach draußen gegangen ist?«

»Nein«, antwortete Helga. »Mir ist nichts Merkwürdiges aufgefallen.«

»Mir auch nicht«, erklärte Coco.

»Gut«, stöhnte er, »dann will ich die Herren mal befragen.«

Man sah dem Hauptkommissar an, dass ihn diese Aufgabe überhaupt nicht begeisterte.

»Mensch, wo steckt Holzbaum!« fluchte er vor sich hin und ging auf die Gruppe der Chauffeure zu.

Holzbaum befand sich gar nicht so weit von seinem Chef entfernt. Er war auf der Suche nach der Toilette im Keller des Forsthauses gelandet.

Das alte Kellergemäuer bestand aus Bruchsteinen und verriet, wie man im 19. Jahrhundert gebaut hatte. Der Kommissar interessierte sich für historische Architektur, seit er vor einigen Wochen einen aufwendig hergestellten Bildband über Baukunst in einer Buchhandlung entdeckt hatte. Ihm waren die unterschiedlichen Baustile noch nicht vertraut, aber er wollte in Zukunft auf diesem Gebiet Fortschritte erzielen. Eins wusste er jedoch: dass diese alten Keller immer eine gleichbleibende Temperatur aufwiesen. Interessanterweise traf das bei diesem Keller nicht zu, was den Polizisten neugierig machte.

Die Toiletten befanden sich gleich neben der Kellertreppe. Eine massive Holztür, die den Keller hinter den Toiletten eigentlich trennen sollte, stand offen. Holzbaum schob sie langsam auf. Ein schmaler Gang führte weiter in den Keller hinein. Kalte Luft fegte ihm entgegen. Vorsichtig trat er in einen dunklen Raum. Er tastete am Türrahmen entlang, um nach einem Lichtschalter zu suchen, als ihn plötzlich etwas Hartes am Kopf traf.

Holzbaum taumelte und fiel hin. Eine Gestalt sprang über ihn und verschwand.

2

Coco hielt es in der Kaffeestube nicht mehr aus. Sie wollte Tristan ihre Entdeckung mitteilen.

»Ich gehe rüber«, sagte sie zu Erich.

»Würden Sie Tristan mitteilen, dass sein Haustier unruhig wird?« brummte Erich besorgt.

Ein scheinbar gewöhnlicher Satz, als Bitte formuliert und mit einigen Lauten untermalt. So alltäglich wie der morgendliche Toilettengang in einem Schützengraben. Für den geübten Zuhörer mischten sich jedoch Silben ein, die in etwa so alarmierend waren wie das Heulen einer Granate, kurz bevor sie die Toilette sprengte.

»Ja, werde ich«, nickte Coco, die von Erichs Befürchtungen so gar nichts mitbekam. Sie zog sich ihren Mantel über.

Der Sturm entwickelte sich über dem Rothaargebirge zu einem Monster. In der letzten Stunde war ein halber Meter Neuschnee gefallen. Coco verließ das Forsthaus durch den Haupteingang und folgte der Fußspur, die Pfeiffer in den Schnee getreten hatte. Die Holzbänke auf dem Platz zwischen Forsthaus und Waldlandhaus waren kaum zu erkennen. Sie ragten wie verschneite Hügelgräber heraus. Der Wind wirbelte federgroße Schneeflocken in Loopings umher. Die Eiskristalle schossen Coco ins Gesicht. Mit einer Hand über den Augen und der anderen am Kragen des Mantels erreichte sie das Waldlandhaus. Die Bar war menschenleer. Gegenüber im Büfettraum brannte ein einsames Teelicht zwischen einer üppigen Käseplatte und den Überresten des Nachtisches.

Die Sozialarbeiterin hängte den Mantel auf und trat in eine Pfütze, die sich unter der Garderobe gebildet hatte. Es tropfte aus den Kleidungsstücken heraus, die öfter zwischen den beiden Gebäuden getragen wurde. Das ständige Hin und Her im Schneesturm brachte die Jacken und Mäntel an ihre Grenzen.

Im Festsaal saßen die Gäste in Grüppchen zusammen. Tristan stand mit dem DJ zusammen, der nur noch Hintergrundmusik spielte. Der Mann hieß Oliver und achtete bei der Auswahl darauf, dass man sich nicht wie in einem Fahrstuhl vorkam.

Coco nickte ihren Freunden zu und marschierte dann direkt zum Detektiv. Ihre festen Winterschuhe hinterließen einen deutlichen Fußabdruck auf dem Parkettboden. Ihr Abendkleid wirbelte um ihre Knöchel, als wollte es Flamenco tanzen.

»Nur gut, dass ich meine Treter habe«, schmunzelte sie und ging auf das DJ-Pult zu, wo sie aufgeregt flüsterte: »Herr Irle, kommen Sie.«

Sie zog den Detektiv sanft vom DJ-Pult weg.

»Was gibt es, Coco?« Tristans lindgrüne Augen musterten die Sozialarbeiterin skeptisch. »Es ist doch nichts mit Helga oder Erich?«

»Nein, nein«, schüttelte sie den Kopf und vergaß Marlowe zu erwähnen. »Ich weiß, woher das GHB stammt.«

Tristans graue Zellen mussten das Kürzel GHB dechiffrieren, dann hellte sich sein Blick auf. »Woher?«

»Edda Deichmann«, antwortete sie leise. »Sie leidet an Narkolepsie und nimmt ein Mittel, das sozusagen aus purem GHB besteht. Als ich mich damals mit den K.o.-Tropfen beschäftigte, habe ich einiges gelernt, unter anderem, wo man GHB medizinisch einsetzt. Bei Narkolepsie dient es dazu, sogenannte Kataplexien zu mildern. Das sind kurz andauerende Episoden von Muskelversagen. Der Patient verliert plötzlich die Kontrolle und fällt hin. Ich vermute, der Mörder hat sich bei Eddas Medikament bedient.«

»Das setzt voraus, dass er oder sie über die Krankheit Bescheid wusste«, überlegte Tristan und runzelte die Stirn. »Sie wussten es nicht?«

»Nein! Ich denke, dass die Deichmanns das nicht an die große Glocke hängten«, antwortete Coco. »Bea dürfte es natürlich wissen, dann hätte es auch Nils wissen können.«

»Was ist mit Joline?« fragte Tristan und blickte zu der PR-Frau, die sich mit Benno angeregt unterhielt.

»Schwierig«, überlegte Coco. »Alfons scheint ganz gut darin zu sein, Privates und Geschäftliches zu trennen.«

»Sie kennen den Mann also gut genug, um so eine Aussage zu machen?« wunderte sich der Detektiv.

»Emil betonte das einmal, als wir zusammen mit Bea und Viktor ausgegangen waren«, erinnerte sich Coco.

»Das heißt, dass wir davon ausgehen können, dass die Familie Bescheid weiß«, überlegte Tristan. »Aber die Gäste nicht.«

»Ja, so wird es wohl sein«, seufzte Coco und ihr fiel noch ein: »Der Diakon lässt ausrichten, dass Sie nach Ihrem Haustier sehen sollten. Marlowe wird unruhig.«

»Oh! Dies bedeutet nichts Gutes«, antwortete der Detektiv beunruhigt. Ein leichtes Grummeln im Magen deutete sich an. Es glich einer Brise am Strand, der nur ein paar Stunden vom Auge des Hurrikans entfernt lag.

»Sie sollten ihn hierher bringen«, schlug Coco vor. »Das wird die Leute aufmuntern.«

»Sie wissen nicht, was der Kakadu anrichten kann«, erwiderte Tristan nachdenklich und räumte in Gedanken sämtliches Geschirr und alle Gläser von den Tischen.

»Soll ich mich umhören, wer von Eddas Krankheit etwas wissen könnte?« Coco sah sich im Saal um.

»Das wäre keine schlechte Idee«, antwortete Tristan. »Erwähnen Sie aber nicht das GHB!«

»Das bekomme ich hin«, grinste sie.

»Ich werde Marlowe holen«, sagte Tristan, dessen ungutes Bauchgefühl jetzt deutlich spürbar wurde.

3

Es war dunkel und es roch faulig. Holzbaum öffnete langsam die Augen und starrte auf die Bruchsteinmauer im Keller des Forsthauses. Blut rann über seine Wange. Vorsichtig fasste er sich an den Kopf.

»Ah«, stöhnte er. Seine Hand war blutrot.

Der schwergewichtige Holzbaum richtete sich langsam auf und zog ein Stofftaschentuch aus seiner Hosentasche. Es war unbenutzt und so drückte er es, ohne lange zu überlegen, auf die Platzwunde an seinem Kopf. Er lehnte einen Moment mit dem Rücken an der Wand, dann stand er vorsichtig auf. Ein leichter Schwindel ließ ihn taumeln. Holzbaum stützte sich an der Wand ab. Er atmete tief und langsam ein und aus. Der Schwindel verschwand und der Hauptkommissar begann auf die Treppe zuzugehen.

Nach einer gefühlten Ewigkeit stieß er die Tür zur Kaffeestube auf.

»Ich brauche Hilfe«, stöhnte er und ließ sich auf den ersten Stuhl fallen, den er vor sich fand.

»Oh, mein Gott!« rief Helga und eilte zu der Erste-Hilfe-Box, die in der Küche an der Wand hing.

Pfeiffer, der noch bei den Chauffeuren saß, reagierte langsamer, da er nicht gleich erkennen konnte, was mit seinem Partner geschehen war. Der Diakon schubste Marlowe beiseite und war als erstes bei dem verletzten Polizisten. Er stützte Holzbaum, der kurz davor war, erneut sein Bewusstsein zu verlieren.

»Ich komme!« Helga hielt einen Beutel mit Verbandszeug und anderen Erste-Hilfe-Mitteln in der Hand.

Zuerst reichte man Holzbaum ein Glas Wasser. Das Taschentuch hatte die Blutung gestoppt. Jetzt musste es entfernt werden. Der Diakon, der durch Schwarzafrika gewandert war, kannte sich mit Verletzungen und deren Behandlung bestens aus, was Holzbaum jetzt zu Gute kam. Helga assistierte dem Gottesmann. Pfeiffer bemerkte, dass etwas mit seinem Partner nicht stimmte.

»Was ist los?« rief er vom anderen Ende der Stube.

»Holzbaum ist verletzt«, antwortete Helga, während Erich einen Verband anlegte.

»Was!« Pfeiffer sprang so schnell auf, dass sein Stuhl nach hinten kippte und beim Aufschlagen einen höllischen Lärm machte.

In dieser Situation betrat Tristan durch den Haupteingang das Café. Er sah, wie Pfeiffer durch die Kaffeestube auf Holzbaum zurannte, wie Erich den Verband anlegte und Helga ein blutiges Taschentuch hielt.

Ihm gefror augenblicklich das Blut in den Adern. Mit schnellen Schritten eilte er auf Helga zu, erkannte, dass keine unmittelbare Gefahr vorlag und atmete tief ein.

Erich beendete seine Arbeit und fragte: »Wie geht es Ihnen, Holzbaum?«

»Ich sehe niemanden doppelt«, antwortete der Polizist und versuchte zu lächeln. »Der Kopf tut weh.«

»Da hat Sie jemand bös erwischt«, sagte Erich und trat zurück.

Dann stürzten die Fragen auf den verletzten Beamten ein.

»Langsam«, rief Helga, »lasst ihn doch erst mal richtig zu sich kommen.«

»Etwas starkes Flüssiges wäre jetzt nicht schlecht«, ächzte Holzbaum wie eine alte Eiche im Wintersturm.

»Kommt sofort«, antwortete Helga und verschwand in die Küche. Über den Tresen reichte sie eine Flasche Cognac und Gläser. »Bedient euch!«

Erich übernahm das Ausschenken, während Holzbaum sich langsam erholte. Als jeder ein Glas in der Hand hielt, prosteten sie sich zu und kippten den Cognac hinunter.

»Also, Holzbaum, was ist passiert?« fragte Pfeiffer, dem man seine Ungeduld ansah.

»Ich suchte die Toilette auf«, erzählte er. »Dann sah ich diese alten Bruchsteinmauern und wurde neugierig.«

Tristan runzelte die Stirn.

»Ich interessiere mich seit einigen Wochen für Architektur«, erklärte der Hauptkommissar. »Diese alten Keller, das müssen Sie wissen, halten im Winter wie im Sommer immer die gleiche Temperatur. Nur, dieser Keller da unten tat es nicht. Es fegte ein kalter Windzug durch den Gang. Das machte mich neugierig.«

»Du bist einem kalten Windzug gefolgt?« Pfeiffer schüttelte den Kopf. »Hättest du mich nicht rufen können?«

»Und was hätte ich dir sagen sollen? Chef, es zieht im Keller! Das hättest du doch nicht ernst genommen«, seufzte Holzbaum, der Pfeiffers Gehirnwindungen so gut kannte wie den Abfahrtsplan des öffentlichen Verkehrsbetriebs in seiner Heimatstadt. Allerdings wusste man bei Pfeiffers Gedankenfahrt nie, wo man ankam. Da unterschied sich die Busfahrt erheblich von Pfeiffers Gedanken-Achterbahn.

Der Hauptkommissar blies lautstark die Luft aus seinen Lungen und schwieg.

»Ich folgte also dem Gang und kam an eine Tür, die nicht verschlossen war und anlehnte. Der kalte Luftzug kam eindeutig aus dem Raum«, berichtete er weiter. »Ich sah nach und bekam einen Schlag auf den Kopf. Als ich wach wurde, habe ich mich hierher zurückgekämpft. Mehr weiß ich nicht.«

»Dann sollten wir jetzt nachsehen, was so Interessantes im Keller zu finden ist, das einen Angriff auf einen Polizeibeamten rechtfertigt«, maulte Pfeiffer und stellte das Cognacglas auf den Tresen.

»Ich komme mit«, sagte Tristan.

»Ja, sicher«, brummte Pfeiffer abfällig.

Sie folgten dem Schild, das sie zu den Toiletten führte. Bereits auf der Treppe spürten sie einen kalten Luftzug. Er wurde stärker, als sie vor der Toilettentür standen.

»Diese Bruchsteinmauer hat Ihren Partner also fasziniert«, bemerkte Tristan mit einem Lächeln.

»Jeder Mann braucht ein Hobby«, konterte der Hauptkommissar. »Wenn Holzbaum sich für Architektur interessiert – soll er meinetwegen.«

»Bloß gehören Bruchsteinmauern nicht zur Baukunst?« fragte der Detektiv.

»Jetzt werden Sie nicht spitzfindig«, maulte Pfeiffer. »Sie können ja diesen Bauunternehmer Schungel fragen. Der wird Ihnen sicherlich den Unterschied erklären.«

Sie folgten dem Kellergang zu der Tür, die Holzbaum beschrieben hatte.

»Scheint nicht aufgebrochen zu sein«, stellte Pfeiffer fest, der das Türschloss und den Türrahmen untersuchte.

»Sehen wir nach, was sich hinter der Tür befindet«, sagte Tristan und stieß die Tür auf.

Ein dunkler Raum lag vor ihnen. Pfeiffer tastete nach einem Lichtschalter und, anders als Holzbaum zuvor, fand er ihn. Man hörte ein leises Klicken und der Stromkreis schloss sich. Eine alte Kellerleuchte, deren Glas mit einem Gitter geschützt war und von Spinnenweben verziert wurde, leuchtete auf.

»Vorsicht, hier ist viel Blut auf dem Boden«, warnte Tristan.

»Da liegt ein Vierkantholz. Damit muss Holzbaum geschlagen worden sein«, knurrte der Beamte.

Sie ließen das mit Blut verschmierte Holz liegen und betraten vorsichtig den Kellerraum.

Durch ein zerbrochenes Kellerfenster fegte eiskalter Wind in den Raum.

»Jetzt wissen wir, woher dieser kalte Zug stammt«, murmelte der Detektiv. »Sehen Sie die Glasscherben, sie liegen auf dem Boden.«

»Wo sollten sie denn sonst liegen?« Pfeiffer schüttelte den Kopf und sah sich in dem Kellerraum um. »Was hat der Angreifer hier gesucht?«

Tristan untersuchte das eingeschlagene Kellerfenster und sagte schließlich: »Das Fenster wurde von außen eingeschlagen, deshalb liegen die Glasscherben auf dem Boden und nicht draußen im Schnee. Anschließend ist jemand hier eingestiegen.«

Der Detektiv deutete auf Wasserflecken auf dem Boden.

Pfeiffer nickte widerwillig. »Das erklärt immer noch nicht, was derjenige hier suchte? Hier ist nichts!«

Tristan wandte sich vom Fenster ab und betrachtete jetzt ebenfalls den gesamten Raum. Seine grauen Zellen begannen mit der Datenverarbeitung. Der Input durch seine lindgrünen Augen beschränkte sich auf einige Regale, die eindeutig zur Lagerhaltung genutzt wurden, einige Holztruhen, in denen Kartoffeln aufbewahrt wurden und eine kleine Werkbank. Er wollte dem Hauptkommissar schon zustimmen, da entdeckte er einen grauen Kasten an der Wand.

»Sehen Sie!« Tristan deutete auf den Kasten.

»Ein Sicherungskasten?« fragte Pfeiffer und öffnete ihn.

Es war ein alter Sicherungskasten, der noch mit Schmelzsicherungen betrieben wurde. Die runden Sicherungen reihten sich in zwei Reihen vor dem Hintergrund des schwarzen Gehäuses auf.

»Sehen Sie, eine der Sicherungen wurde herausgedreht«, stellte Tristan fest.

4

Während Tristan den Sicherungskasten untersuchte, brannten bei Wilhelm Flender sozusagen die Sicherungen durch. Als Direktor der Kreispolizei hatte er in den vergangenen Jahren mit alltäglicher Ermittlungsarbeit in etwa so viel zu tun, wie ein Ministerpräsident mit der häuslichen Müllentsorgung. Wenn es dem Direktor beliebte, dann erkundigte er sich nach einem Fall, der aus dem trostlosen Tagesgeschäft herausstach. Flenders Tätigkeit bestand dann darin, den Aktendeckel aufzuschlagen und eine Zusammenfassung der Ermittlungen zu lesen. Dass für diese Zusammenfassung nicht selten ein Dutzend Beamte ihren Grips und ihren Schweiß aufgebracht hatten, blieb in den säuberlich niedergetippten Ermittlungsergebnissen unbedacht. Wie mühsam jedoch tatsächliche Polizeiarbeit war, stellte Flender in diesen Stunden fest.

In seiner Realität gehörte es zur Bürgerpflicht, polizeiunterstützend tätig zu werden. Sollte ein uniformierter Beamter einen Bürger oder eine Bürgerin um Mitarbeit bitten, dann käme Flender nie auf den Gedanken, dass man der Polizei im Allgemeinen wie auch im Speziellen die kalte Schulter zeigte. Und es war noch viel schlimmer! Die kalte Schulter bedeutete ja, dass jemand sich von einem wegdrehte. Es war zumindest eine Reaktion. In Flenders Fall gab es keinen, der eine Reaktion zeigen konnte, weil die Verdächtigen plötzlich alle verschwunden waren. Sie hatten den Saal verlassen, ohne dass es der Beamte mitbekommen hatte.

Das ärgerte den Polizeidirektor genauso stark wie die Ignoranz, die man seinen Ermittlungen gegenüber zeigte.

»Wo sind denn alle hin?« rief er deshalb aufgebracht.

»Wen meinen Sie?« fragte der DJ, der eine Kamera ablegte und auf die Gäste deutete, die es sich im Saal gemütlich gemacht hatten. Coco und Emil saßen bei einer Gruppe Mittvierziger und schienen sich zu amüsieren.

»Der Gastgeber ist drüben in der Ferienwohnung«, erklärte Flender, »aber wo sind die Schungels, die Deichmanns und ihr Anhang?«

»Ich weiß zwar nicht, wer die Genannten alle sind«, erwiderte der DJ, »aber Joline ist mit einem Kerl nach unten gegangen.«

»Da passt man einen Augenblick nicht auf«, brummte Flender.

»Sie haben ein Nickerchen gemacht«, stellte der DJ amüsiert fest. »Übrigens, Sie schnarchen.«

In der Tat hatte den Polizeidirektor, nachdem er Pfeiffer ins Forsthaus geschickt hatte, ein starkes Müdigkeitsgefühl übermannt. Er hatte sich kurz in eine Ecke des Saals zurückgezogen und war eingenickt.

»Man hätte mich wecken sollen«, knurrte er und stampfte los. »Mal sehen, wo die alle sind!«

Der DJ zuckte mit den Schultern und betätigte ein paar Knöpfe an seinem Pult.

Flender polterte die Treppe hinunter und fand Viktor Deichmann zusammen mit Kanzler Tyrion Haberland an der Bar stehen.

»Ah, wieder wach«, grüßte Viktor den Polizeidirektor.

»Ja, ja«, brummte Flender und bestellte einen Schnaps.

»Wäre ein starker Kaffee nicht hilfreicher«, bemerkte Haberland.

»Nein«, antwortete Flender knapp und in einem Tonfall, der seinem Gegenüber signalisierte, das Thema zu wechseln. »Wo sind die anderen?«

»Wen genau meinst du?« Viktor nippte an einem Glas Bier, dessen Inhalt aussah, als stände er schon etwas länger auf dem Tresen.

»Alle Verdächtigen«, antwortete Flender und kippte den Schnaps hinunter.

»Weit können sie ja nicht sein«, meinte Haberland.

»Was machen Sie eigentlich hier?« hakte der Polizist nach.

»Wir unterhalten uns«, antwortete Haberland.

»Das ist nicht korrekt, Herr Haberland. Sie reden und ich muss mir das anhören«, ergänzte Viktor scharf.

»Will er Geld von dir?« fragte Flender abfällig.

»Nein, er will was kaufen«, antwortete Viktor.

»Masterplan Campus Innenstadt«, brummte Flender, dem das tatsächlich spontan einfiel.

»Genau«, nickte Viktor und nahm das Bierglas in die Hand.

»Haben Sie auch Kaffee?« fragte Flender, einen zweiten Glückstreffer würde er nicht landen können. Ein brauchbares Vorgehen war notwendig.

»Dort drüben stehen Kannen und Tassen«, antwortete der Barkeeper und zeigte auf die Büfetttische.

Flender nickte.

»Sie kennen den Masterplan?« wunderte sich Haberland.

»Natürlich kenne ich dieses teuflische Werk von Ihnen«, schimpfte der Polizeidirektor und verließ den Tresen, um sich eine Tasse Kaffee zu holen.

»Der Mann kennt sich aus«, bemerkte Viktor und grinste.

»Ach, was wissen Sie denn schon«, zischte Haberland.

»Ich weiß, dass Sie die Siegener Innenstadt aufkaufen wollen, um Platz für die Uni zu schaffen«, knurrte Viktor. »Und dabei machen Sie die Immobilienpreise kaputt!«

»Wir zahlen den üblichen Marktwert«, entgegnete der Kanzler verärgert. »Deshalb verstehe ich nicht, warum Sie sich weigern, uns das Grundstück an der Friedrichstraße zu verkaufen.«

Der *Masterplan Campus Innenstadt* verfolgte das Ziel, Hochschuleinrichtungen in die Innenstadt zu holen. Die Universität ging davon aus, dass in Zukunft 15.000 bis 17.000 Studierende nach Siegen kommen würden. So viele junge Menschen, denen man ihr Geld aus den Taschen ziehen könnte. Blöd, wenn diese Menschen auf einem Bildungshügel über der Stadt saßen statt am Siegufer, um Eis zu schlecken. Schlaue Menschen kamen deshalb auf die Idee, die Studentinnen und Studenten in die Innenstadt zu holen. Ein Teil dieser Studierenden ging bereits auf den *Campus Unteres Schloss*. Weitere 3000 sollten in die Innenstadt folgen. Der Stadtrat und der Bürgermeister Siegens engagierten sich stark, um dieses Ziel zu erreichen. Nachdem man das Untere Schloss und das ehemalige Untersuchungsgefängnis umgebaut hatte, wurde nun die zweite Phase eingeleitet. Der *Campus Unteres Schloss Nord* sollte in Gebäuden an der Friedrichstraße verwirklicht werden und der *Campus Unteres Schloss Süd* rund um das Löhrtor.

Die Landesregierung hatte die Kassen der Universität kräftig gefüllt, was natürlich nicht daran lag, dass der derzeitige nordrhein-westfälische Finanzminister ein ehemaliger Professor der Uni war. Jedenfalls konnte der Kanzler mit prallem Geldbeutel seine Shoppingtour beginnen. Stadtrat und Bürgermeister bearbeiteten Grundstücksbesitzer, nutzten ihre Verbindungen, um verkaufswillige Eigentümer aufzuspüren und gaben ihre Infos an die Uni weiter. Es galt einen engen Zeitplan zu befolgen, da störten aufwendige Verkaufsverhandlungen nur. Richtig lästig wurden Eigentümer, die ihre Gebäude und Grundstücke einfach nicht verkaufen wollten.

»Ich weigere mich, Ihnen das Grundstück zu verkaufen, weil ich eigene Pläne habe - und die gehen Sie nichts an!« knurrte Viktor.

»Das werden Sie bereuen«, erwiderte Haberland grimmig.

»Habe ich etwas verpasst?« fragte Flender, der eine volle Tasse Kaffee zum Tresen der Bar balancierte.

Die Glastür wurde aufgerissen und Tristan stürmte mit Pfeiffer an seiner Seite herein.

5

»Was ist denn in Sie gefahren!« rief Flender, der sich erschreckt hatte. So richtig wach schien er noch nicht zu sein.

»Holzbaum wurde niedergeschlagen«, platzte es aus Pfeiffer heraus. »Einer von den Gästen muss das gewesen sein.«

Er sah Viktor und Haberland kampfeslustig an.

»Jetzt mal langsam«, mahnte der Polizeidirektor. »Berichten Sie von vorne.«

Eine der üblichen Floskeln, um Zeit zu gewinnen. Zeit, damit Flenders Gehirn endlich den Nachtschlafmodus aufgab und in den Ich-bin-der-Boss-Modus wechselte.

»Wilhelm, Holzbaum wurde im Forsthaus niedergeschlagen, als er jemanden dabei überraschte, eine Sicherung rauszudrehen.« Tristan schüttelte seine Jacke aus.

»Warum sollte jemand eine Sicherung herausdrehen«, brummte der Polizeidirektor. »Sind hier Lichter ausgegangen?«

»Nein, der Strom war die ganze Zeit über vorhanden«, antwortete der Barkeeper.

»Oben haben wir auch nichts bemerkt«, ergänzte Viktor.

»Es wurde ja auch keine Sicherung für das Waldlandhaus herausgedreht«, erklärte Pfeiffer. »Man hat das Kühlhaus lahmlegen wollen.«

»Das Kühlhaus!« Flender schüttelte ungläubig den Kopf.

Auch Haberland und Viktor blickten verdutzt den Hauptkommissar an.

»Es sind um die Null Grad da draußen, warum sollte jemand das Kühlhaus vom Strom nehmen?« wunderte sich Viktor.

»Weil es eben nur um die *Null Grad* sind«, konterte Tristan. »Fleisch taut auf.«

»Aber überlegen Sie doch«, murmelte der Kanzler abfällig. »Das Kühlhaus wird doch isoliert sein. Wenn es nicht aus Pappe gebaut wurde, dann dürfte es die Kälte noch lange speichern.«

»Sie haben doch mitbekommen, dass wir dort eine Leiche aufbewahren«, zischte Pfeiffer. »Ein paar Grad machen für die Obduktion einen riesigen Unterschied aus. Wäre diese Tat unentdeckt geblieben, dann hätten wir bis morgen früh, wenn die Straßen endlich wieder befahrbar sind, wichtige Beweise verlieren können.«

»Jeder hat mitbekommen, dass Sie die Leiche dort hineingeschafft haben«, antwortete Haberland vorsichtig. »Ich war die ganze Zeit über hier.«

»Nun, das stimmt nicht«, bemerkte der Barkeeper. »Sie verschwanden für eine halbe Stunde.«

»Ja und! Ich habe mir die Füße vertreten«, knurrte Haberland erschreckt.

»Bei diesem Wetter!« Viktor sah den Kanzler misstrauisch an.

»Ist es verboten, nach draußen zu gehen?« Haberland schüttelte den Kopf.

»Natürlich ist es das nicht«, antwortete Flender. »Allerdings wäre es hilfreich, wenn jemand Sie gesehen hätte.«

»Fragen Sie Frau Mühlberger, die Wirtin«, schimpfte Haberland, »die müsste mich gesehen haben.«

»Werden wir!« Flender sagte das fest entschlossen.

»Er war übrigens nicht der Einzige, der den Saal verließ«, bemerkte der Barkeeper süffisant.

»Was meinen Sie damit?« Der Polizeidirektor sah zu dem jungen Mann, als hätte der ihm gerade die Hose vollgekleckert.

»Der Herr hier«, er deutete auf Viktor, »verschwand ebenfalls für eine halbe Stunde.«

»Ich habe eine Zigarre geraucht«, gestand der angehende Geschäftsführer gelassen.

»Wie haben Sie denn die Zigarre angezündet? Es stürmt da draußen heftig.« Pfeiffer schüttelte den Kopf. »Kann das die Wirtin bezeugen?«

»Keine Ahnung«, erwiderte Viktor genervt. »Ich stand in einer windgeschützten Ecke an der Giebelwand, da werden Sie den Zigarrenstummel finden können.«

»Den hast du einfach so weggeworfen«, schimpfte Flender.

»Es gab keinen Aschenbecher«, erwiderte Viktor. »Außerdem ist das keine Zigarettenkippe mit einem synthetischen Filter, sondern ein Naturprodukt. Das wird sich zersetzen. Und wieso sollte ich meinen Schwager umbringen!«

Er rutschte vom Barhocker und ging zur Garderobe. »Wenn Sie mich suchen, ich sehe nach meiner Mutter.«

Viktor zog sich seinen Mantel über und verschwand.

»Dann wird es in der Ferienwohnung eng werden«, grinste der Barkeeper und machte eine Pause.

Flender haute auf den Tresen. »Lassen Sie diese Spielchen, Mann! – Wenn Sie was gesehen haben, dann packen Sie aus!«

»He, nicht so aggressiv! Ich muss gar nichts sagen!« Der Barkeeper wandte sich ab.

»Entschuldige dich, Wilhelm«, mahnte Tristan.

Der Polizeidirektor holte sichtbar tief Luft und brummte: »Tut mir leid.«

»Wie heißen Sie?« fragte Tristan den Barkeeper.

»Nennen Sie mich Tomi«, lächelte der junge Mann gequält.

»Tomi, es ist spät und die Nacht wird noch lange andauern«, begann Tristan. »Also, wenn Sie etwas gesehen haben, dann wäre es hilfreich, wenn Sie uns das berichten könnten.«

»Da waren diese drei anderen Gäste«, begann er. »Joline war auch dabei, die sind zur gleichen Zeit verschwunden wie der Herr hier.« Tomi deutete auf Haberland. »Etwas später ist dann Viktor rausgegangen und nach einer halben Stunde wiedergekommen. Seine Hosenenden waren nass und er wirkte verfroren. Außerdem verließen eine Frau, ich glaube, dass sie Viktors Frau ist, und ein Mann das Gebäude. Die Frau rief mir zu, dass ich ihrem Mann sagen sollte, dass sie bei Edda wäre.«

»Haben Sie es Viktor gesagt?« hakte Tristan nach.

»Nein, ich wusste ja bis eben nicht, wer dieser Viktor überhaupt ist«, entgegnete Tomi brüskiert.

»Wer ist also mit wem unterwegs?« Pfeiffer schnaufte und hätte sich jetzt gerne eine Zigarette angezündet, gerne auch ein Zigarillo von diesem Geschäftsmann. Doch seit er auf E-Zigaretten umgestiegen war, empfand er nicht mehr das gleiche entspannende Gefühl des Rauchens.

»Fassen wir zusammen«, überlegte Tristan laut und wandte sich Tomi zu. »Joline, kennen Sie?«

»Ja, diese Frau ist mir bekannt«, nickte Tomi.

»Mit wem ist sie rausgegangen?« Tristan nahm seinen Kellnerblock und zauberte einen Stift aus seiner Hosentasche.

»Oh, das war der gleiche Typ, der das Ehepaar Deichmann rüber in die Ferienwohnung begleitet hatte«, antwortete Tomi.

»Die Deichmanns kennen Sie also«, knurrte Pfeiffer, der dem jungen Mann so weit traute, wie er seine verfluchte Dampfzigarette werfen konnte.

»He, die bezahlen mich!« Er riss die Augen auf und zuckte mit den Schultern.

»Benno hat Alfons und Edda begleitet«, erklärte Flender.

»Dann ist Joline mit Benno und einem weiteren Mann verschwunden«, murmelte Tristan und notierte sich die Namen.

»Ich denke, Robbie Schungel war noch bei ihnen«, mischte sich Haberland ein.

»Wie kommen Sie denn darauf?« Flender sah den Kanzler skeptisch an.

»Der rot karierte Mantel von Robbie fehlt«, antwortete Haberland und deutete auf die Garderobe.

»Er könnte auch mit Bea in die Ferienwohnung gegangen sein«, erwiderte Tristan.

»Nein«, schüttelte Haberland den Kopf. »So wie Benno und Robbie den Abend über zusammengesessen haben, denke ich nicht, dass der junge Schungel mit Bea gegangen ist.«

»Haberland hat recht«, nickte Flender, »Benno und Robbie sind Freunde.«

»Dann dürfte Emil mit Bea zu den Deichmanns gegangen sein«, resümierte der Detektiv.

»Das macht Sinn, da Emil Alfons' Physiotherapeut ist, vielleicht will er nach seinem Patienten sehen«, stöhnte Flender und nahm einen kräftigen Schluck aus der mittlerweile kalten Kaffeetasse.

»Eine Massage könnte ich auch gebrauchen«, murmelte Tomi und streckte sich demonstrativ.

»Wo sind dann Coco Müller sowie Hermann und Paula Schungel verblieben?« fragte der Detektiv und sah den Polizeidirektor besorgt an.

6

Coco stellte fest, dass das Ehepaar Schungel verschwunden war. Hermann und Paula hatten eine Weile neben der Tischgruppe gesessen, mit denen sich Coco unterhalten hatte. Jetzt waren sie im Saal nicht mehr zu sehen.

»Hat jemand von euch die Schungels gesehen?« fragte sie beunruhigt.

»Sind die nicht nach unten gegangen?« warf ein Gast in die Runde.

»Nein, das waren Viktor und der Uni-Kanzler«, kam als Antwort.

»Sie müssten eigentlich noch hier oben sein«, meinte eine andere Stimme.

»Danke«, sagte Coco und stand auf. »Ich sehe mich mal um.«

Der Sozialarbeiterin kam der Verdacht, dass sich die älteren Herrschaften vielleicht nach Ruhe sehnen würden. Da es im Saal keine Rückzugsmöglichkeiten gab und Coco nicht davon ausging, dass das Ehepaar nach unten gegangen war, blieb nur noch die kleine Küche am Ende des Festsaals.

Sie drückte den Rücken durch und gähnte unfreiwillig, dann ging sie zu der kleinen Küche am Ende des Saals. Die Küche beinhaltete alles, was man brauchte, um Feierlichkeiten mit vorgefertigtem Essen zu versorgen: einen Backofen, um Speisen warmzuhalten und Herdplatten, um etwas aufzuwärmen sowie genügend Wand- und Küchenschränke, um Geschirr und Töpfe zu verstauen. Selbst einen kleinen Abstellraum gab es, der durch das Giebeldach wie eine kleine Dachkammer wirkte. Dorthin hatten sich Hermann und Paula verzogen. Aus zwei zusammengeschobenen Lounge-Sesseln wurde eine gemütliche Liege für Paula. Hermann begnügte sich mit zwei Saalstühlen, von denen er einen als Fußhocker missbrauchte.

»Hier haben Sie sich versteckt«, sagte Coco freundlich. »Man hat Sie gesucht.«

Hermann blickte Coco verärgert an, während Paula die Augen geschlossen hielt und scheinbar schlief.

»Wer hat uns gesucht?« knurrte der Bauunternehmer.

»Nun ja, ich war es«, gestand Coco und trat näher an sie heran. »Alles in Ordnung mit Ihnen?«

»Natürlich! Wir liegen nicht im Sterben«, erwiderte Hermann. »Wir sind bloß ein wenig müde.«

»Nun, das sind wir alle«, gestand Coco. »Soll ich Ihnen etwas zu trinken oder zu essen bringen?«

»Nein, danke«, zischte Hermann. »Wir hätten gerne unsere Ruhe.«

Paula öffnete die Augen und fragte: »Weiß man inzwischen, wie Nils zu Tode kam?«

»Dazu kann ich nichts sagen«, log Coco, »die Polizei ermittelt.«

»Diese Deppen finden das doch nie heraus«, schimpfte Hermann.

»Bärchen, bitte«, mahnte Paula ihren Mann. »Du solltest dir nochmals überlegen, ob Robbie das Geschäft nicht übernehmen sollte.«

»Ach, lass das!« wehrte Hermann brummend ab. »Er ist nicht dafür geeignet. Nicht so, wie Viktor das für Alfons ist.«

»Viktor, Viktor!« zischte Paula unerwartet hart. »Der Junge ist kein Heiliger! Und wenn du dich öfters mal mit deinen Mitarbeitern unterhalten würdest, dann wüsstest du, dass die beiden sich nicht ausstehen konnten.«

»Was, was erzählst du da?« Hermann schob seine Füße vom Stuhl und beugte sich nach vorne zu seiner Frau.

»Die beiden hatten einen Streit!« antwortete Paula und sah dann Coco an. »Man könnte es auch eine Fehde nennen.«

»Jetzt übertreib nicht«, warnte Hermann und machte eine Pause. Dann fragte er: »Worüber sollten sie sich denn deiner Meinung nach gestritten haben?«

»Erstens ist es nicht meine Meinung«, korrigierte Paula. »Es ist ein Fakt.«

Hermann stöhnte laut und fragte erneut: »Und worüber sollten sie sich nun gestritten haben?«

»Viktor wollte irgendein Grundstück von Nils kaufen«, berichtete Paula. »Allerdings wollte Nils nicht an Viktor verkaufen, auch nicht, als Bea sich für den Verkauf an Viktor stark gemacht hatte.«

»Kannst du das nicht genauer ausführen?« maulte Hermann. »Zum Beispiel um was für ein Grundstück es sich handelte?«

»Nein, da aber Bea ein Wörtchen mitreden konnte, gehe ich davon aus, dass das Grundstück den beiden gehört.«

»Na, dann hat Viktor ja jetzt, was er wollte«, schnaufte Hermann.

»Und so was nennt man ein Motiv«, antwortete Paula zufrieden, als hätte sie ihrem Mann einen verbalen K.o.-Schlag verpasst. »Verstehst du jetzt, warum ich Viktor nicht für einen guten Mann halte?«

»In der Tat, das wäre ein Motiv«, flüsterte Coco.

»Warum hat dann Alfons Nils eingeladen?« Hermann schüttelte den Kopf. »Das hätte er doch nie gegen den Willen von Viktor gemacht.«

»Mensch, Hermann«, das Bärchen war verschwunden. Paula richtete sich auf: »Jetzt stell dich nicht dümmer als du bist! Die Deichmanns würden in der Öffentlichkeit nie einen Streit zugeben! Das weißt du ganz genau.«

Coco schmunzelte.

»Was stehen Sie so da rum!« knurrte Hermann Coco an. »Lassen Sie uns in Ruhe.«

»Okay, ich gehe«, antwortete Coco. »Wenn Sie was benötigen, Kaffee und eine Kleinigkeit zu essen finden Sie unten auf den Büfetttischen.«

»Danke, Frau Müller«, gähnte Paula und lehnte sich wieder zurück. »Vielleicht bekommen wir ja ein wenig Schlaf.«

»Ich sage den anderen Bescheid, dass Sie nicht gestört werden möchten«, sagte Coco.

»Das wäre nett«, antwortete Paula und schloss ihre Augen.

7

»Also könnten es der junge Deichmann, seine Ehefrau, Emil Daub, Sie, Herr Haberland, und die Schungels sowie Joline und Benno gewesen sein, die Holzbaum überfallen haben«, resümierte unterdessen Tristan eine Etage tiefer an der Bar. »Mann, das sind zu viele Verdächtige!«

»Ich war es nicht«, widersprach der Kanzler, »aber verdächtigen Sie mich ruhig weiter. Es wird Ihnen noch leidtun.«

Haberland verließ den Tresen und setzte sich an einen Bistrotisch einige Meter weiter.

»Jetzt müssten wir nur noch ein Motiv finden«, brummte Flender, dessen Laute in Alaska leicht mit einem umherstreifenden Bären verwechselt werden konnten.

»Wilhelm, das haben wir doch schon«, erklärte Tristan und lächelte.

»So!« Der Polizeidirektor richtete sich auf.

»Ja, Wilhelm. Derjenige, der die Sicherungen für das Kühlhaus rausschraubte, wollte ganz sicher Spuren an der Leiche zerstören. Damit dürfte er auch unser Mörder sein.« Tristan blickte zu Flender, der in seiner ganzen Größe Eindruck machte. »Wir müssen ein Motiv für den Mord an Nils finden, dann kommen wir weiter.«

»Vielleicht kann ich da weiterhelfen«, sagte Coco, die gerade die Treppe hinunterschritt.

»Ich hatte kein Motiv, Nils umzubringen«, maulte Haberland ungefragt.

Tristan und die beiden Polizisten ignorierten den Mann.

»Coco, was haben Sie herausbekommen?« fragte Pfeiffer und unterdrückte ein Gähnen.

»Die alten Schungels sind oben in einer Kammer hinter der Küche«, begann sie zu berichten. »Sie waren die ganze Zeit über dort oben. Dürften also als Verdächtige wegfallen.«

»Natürlich, Schungel bringt doch nicht seinen Nachfolger um«, schnaubte Flender.

»Das ergibt Sinn«, nickte Coco und erzählte weiter: »Nils und Viktor waren sich jedoch nicht grün. Sie hatten auch einen Streit.«

»Wissen Sie, um was es bei dem Streit ging?« fragte Tristan.

»Es muss sich um ein Grundstück handeln, das Nils nicht an Viktor verkaufen wollte«, antwortete Coco.

»Nein, ganz sicher wollte Nils das nicht an Viktor verkaufen!« rief Haberland und stand auf. Langsam trat er wieder an den Tresen. »Das Grundstück wollte er der Uni Siegen verkaufen. Er hatte das auch bereits in einer Mail angedeutet.«

»Aber gekauft haben Sie das Grundstück noch nicht?« hakte Flender nach.

»Nein, leider gibt es keinen verbindlichen Kaufvertrag. Die Schwester hatte wohl was dagegen, was die beiden noch klären mussten«, zischte der Kanzler.

»Handelt es sich bei dem Grundstück auch ganz sicher um die gleiche Parzelle?« warf Pfeiffer ein. »Nicht, dass wir hier aneinander vorbeireden.«

Tristan staunte über den klugen Einwand. Für solche Gedankengänge war eigentlich Holzbaum zuständig.

»Coco, wissen Sie, wo sich das Grundstück befindet?« fragte der Detektiv.

»Nein, das haben die Schungels nicht erwähnt«, antwortete sie.

»Es muss das Grundstück in der Friedrichstraße sein«, mischte sich Haberland ein. »Die Deichmanns haben dort eigene Grundstücke.«

»Das Ihnen Viktor nicht verkaufen will!« erinnerte Tristan die anderen.

»Ja, genau«, nickte Haberland.

»Nils kann Ihnen das Land jetzt nicht mehr verkaufen«, sagte Flender zum Kanzler.

»Ja, eine Katastrophe! Zumal jetzt Bea das Grundstück erbt«, zischte Haberland. »Sie wird es mir ganz sicher nicht verkaufen.«

»Da gebe ich Ihnen recht. Wenn ihr Mann es haben will, wird sie es nicht verkaufen. Aber worum geht es bei dem Grundstück?« Tristan sah Flender und Haberland fragend an.

Der Polizeidirektor erklärte Tristan das Projekt „Masterplan Campus Innenstadt".

»Es ist also viel Geld im Spiel«, murmelte der Detektiv. »Wir sollten uns unbedingt mit Viktor unterhalten.«

»Ja, waschen Sie dem Kerl mal richtig den Kopf«, giftete der Kanzler.

»Wo ist er?« fragte Coco. »Oben jedenfalls nicht.«

»Er wollte rüber zu seinen Eltern«, antwortete Tomi, der Barkeeper.

»Mir geht das ständige Hin und Her auf den Sack«, schimpfte Pfeiffer. »Meine Schuhe sind schon durchweicht.«

»Wollen Sie alle hier reinholen?« Flender schüttelte den Kopf. »Das würde nur zu Aufständen führen.«

»Ach ja, wieso?« hakte Haberland nach. »Das ist doch eine Feier. Da sollten sich alle lieb haben.«

»Es ist eine Familienfeier«, korrigierte Coco. »Sie wissen schon, was das bedeutet!«

»Was wollen Sie andeuten, Frau Müller?« Der Polizeidirektor witterte eine Spur.

»Nichts, ich will nichts andeuten«, wehrte die Sozialarbeiterin ab. »Aber neben den Deichmanns haben wir noch eine andere Familie, die ein Problem hat. Das sollten wir nicht vergessen.«

»Sie meinen das Bauunternehmen Schungel, das seinen neuen Geschäftsführer gerade verloren hat.« Tristan sprach betont langsam.

»Ja«, nickte Coco. »Und da wurde die natürliche Rangordnung gewaltig gestört.«

»Wie meinen Sie das?« Pfeiffer blickte die zierliche Frau verdutzt an. »Ist er nicht der leibliche Sohn?«

»Oh, nein«, antwortete Coco überrascht, welche Gedanken sich in Pfeiffers Gehirn manifestierten. »Ich meine, dass der alte Schungel nicht viel davon hält, das Geschäft seinem Sohn anzuvertrauen.«

»Und das hat er offen ausgesprochen«, wunderte sich Haberland. »Der Mann ist knochenhart.«

»Könnte Robbie sich an Nils und seinem Vater rächen wollen«, überlegte Flender laut.

»Er ist ein junger Mann, dem man seine Zukunft raubt«, sagte Haberland.

»Bitte nicht so voreilig«, mahnte Tristan.

»Das ergäbe aber ein Motiv«, sagte Pfeiffer kalt. »Dem sollte man nachgehen.«

8

Robbie Schungel, den diese natürliche Rangordnung fast den Firmenvorsitz gekostet hätte, machte sich darüber gar keine Gedanken. Er stand mit Joline und Benno in einer Werkstatt, die sich gleich hinter dem Waldlandhaus befand.

Benno und Robbie hatten sich erst mit Schaufeln bewaffnen müssen, um mühsam einen schmalen Pfad vom Waldlandhaus zur Werkstatt durch die hohen Schneemassen zu schaufeln. Das hatte Joline das Abendkleid gerettet. Sie hatte wie Coco die Schuhe gewechselt, die besser für den Sturm geeignet waren als die High Heels.

Die Werkstatt bestand aus einer Garage, Lager und Werkbänken. Sie war aus Holz gebaut und besaß ein spitzes Giebeldach. Zwei längliche

Fenster an der Giebelwand ließen bei Tage Licht hinein. Der Wind pfiff durch Ritze im Tor.

»Hier ist es gruselig«, sagte Joline, als sie die Werkstatt betrat.

»Warte, ich mache Licht«, antwortete Benno und ging zum Lichtschalter.

»Was willst du uns denn zeigen?« quengelte Robbie. »Ich hoffe, die Schinderei hat sich gelohnt.«

»Einen Augenblick«, tröstete Benno, dann ging das Licht an.

Joline und Robbie sahen sich um. Eine riesige Häckselmaschine stand in der Werkstatt. Ihr Fülltrichter glich einem schwarzen Schlund. Es roch nach Öl und nassem Holz.

»Damit kannst du eine Leiche verschwinden lassen«, sagte Robbie, ohne zu bemerken, wie taktlos er sich verhielt.

Als ihn Joline mit großen Augen ansah, bemerkte er seinen Fehltritt.

»Sorry, Joline«, entschuldigte er sich schnell. »Benno, was willst du uns denn jetzt zeigen?«

»Kommt hier rüber«, rief der Forstwissenschaftler.

Benno stand in einer Ecke der Werkstatt. Vor ihm war ein Diorama aufgebaut, das man eigentlich auf einer Modelleisenbahn erwartet hätte.

»Bist du unter die Modellbauer gegangen«, zog ihn Robbie auf.

»Nein, bin ich nicht«, seufzte Benno. »Wieso denken gleich alle, wenn sie das hier sehen, an Modelleisenbahnen?«

»Echt jetzt!« Robbie schüttelte den Kopf. »Schau dir das doch an! Eine schöne Talsperre hast du da gebaut.«

»Das ist keine Talsperre, sondern ein Rückhaltebecken«, erklärte Benno. »Ich habe mir überlegt, wenn das mit dem Klimawandel schlimmer wird, dann benötigen wir mehr Wasser für den Wald.«

»Willst du die Bäume mit dem Wasser versorgen?« fragte Joline im Scherz.

»Ja, das ist die Idee«, nickte Benno und wurde enthusiastisch. »Ich habe mir überlegt, wenn die Spanier an Orten „Orangen" züchten, an denen es kaum Wasser gibt, dann können wir im Siegerland doch bei unserem Wasservorrat mal darüber nachdenken, ob wir nicht unseren Wald wässern.«

»Das ist nicht dein Ernst!« Robbie sah seinen Freund erstaunt an.

»So reagieren alle«, schnaufte Benno. »Sie halten mich für bescheuert. Dabei müsste man nur mal einen Modellversuch starten. Aber bis jetzt haben alle möglichen Geldgeber abgewunken. Selbst mein Onkel wollte mich dabei nicht unterstützen.«

Er blickte betrübt auf das Modell. »Ich hatte gehofft …«

»Deshalb hast du mich hierher geholt«, verstand Robbie plötzlich. »Du willst, dass ich dir das finanziere!«

»Jetzt, wo du die Firma deines Vaters übernimmst, warum nicht«, antwortete Benno vorsichtig.

»Das ist noch gar nicht sicher«, antwortete Robbie nachdenklich, dann hakte er nach: »Wollte Nils dir helfen?«

»Nein! Für Umweltschutz war der doch nie zu haben«, schnaufte Benno. »Mit dir und deiner Hilfe hätten unsere Siegerländer Wälder eine Chance.«

»Dafür benötigt man aber eine Menge Wasser«, sagte Joline. »Will unser Landrat deshalb neue Stauseen bauen?«

»So weit bin ich noch nicht«, gestand Benno, »aber denkbar wäre es, das Wasser aus den neuen Stauseen zu benutzen. Pumpen könnten es auf die Bergkämme leiten und von dort würde die Schwerkraft den Rest erledigen.«

»Die Pumpen könnten mit Solar- und Windenergie angetrieben werden«, überlegte Joline. »Das wäre alles völlig öko.«

»Ihr habt sie ja nicht mehr alle«, schimpfte Robbie. »Mein Vater würde mich enterben, wenn ich so etwas unterstützen würde.«

»Dir ist aber schon klar, dass eine Menge Erde bewegt werden müsste, um diese Becken zu bauen«, erinnerte Benno. »Das wäre für ein Bauunternehmen bares Geld.«

»Wem hast du davon noch erzählt?« Robbie sah Benno ernst an.

»Ich habe Viktor darauf angesprochen«, antwortete der. »Aber er hat genauso abgewunken wie Nils. Allerdings haben sie beide geglaubt, dass du dem Ganzen gegenüber aufgeschlossen sein würdest.«

»So?!« Robbie schüttelte den Kopf. »Weißt du, Benno, das macht dich jetzt zu einem Verdächtigen.«

»Was?!« Benno sah zu Joline. Die PR-Expertin verstand sofort, was Robbie andeutete.

»Oh, Scheiße«, zischte sie. »Robbie hat recht!«

4. Die Kälte zog …

Samstag, nach Mitternacht

Die Kälte zog den Flur entlang in die Küche der Ferienwohnung.

»Mach die Tür zu!« rief Alfons.

»Sofort«, antwortete Bea. »Wo seid ihr?«

»Ich bin in der Küche. Edda liegt im Schlafzimmer«, erwiderte Alfons.

Emil und Bea betraten die Küche.

»Alles in Ordnung?« fragte Bea besorgt und sah ihren Schwiegervater an.

»Bei mir schon«, nickte der Geschäftsmann. »Edda könnte Gesellschaft gebrauchen.«

»Dann geh ich mal rüber«, nickte Bea.

»Einfach den Flur runter, dort befindet sich das Schlafzimmer«, erklärte Alfons.

Bea ging zum Schlafzimmer, während Emil bei Alfons blieb.

»Na, eine Nackenmassage gefällig?« fragte der Physiotherapeut.

»Wird das in Rechnung gestellt?« Alfons blickte Emil abschätzend an.

»Nein, natürlich nicht«, beeilte sich Emil zu antworten. »Das ist gratis. Schließlich habe ich eine Einladung von Ihnen erhalten.«

»Die hast du deinem Vetter zu verdanken«, antwortete Alfons.

Emil stellte sich hinter den Gastgeber.

»So? Ich dachte, Bea hätte gewollt, dass ich dabei bin«, sagte Emil nachdenklich und rieb die Handflächen aneinander. »Jetzt gerade hinsetzen.«

Alfons passte seine Sitzposition Emils Anweisungen an.

»Nein, Nils bestand darauf, dass ich dich und Coco einladen sollte«, murmelte Alfons, während Emil begann, die Schulterpartie zu massieren.

»Na, ich bin jedenfalls dankbar, hier zu sein«, antwortete Emil in einem Tonfall, der wie Sirup aus seinem Mund in Alfons' Nacken floss.

»So? Deine Freundin scheint sich ja gut ohne dich zu amüsieren«, ätzte Alfons, der eigentlich nur noch nach Hause wollte und seinen Frust an Emil ausließ.

»Wie geht es Edda?« lenkte Emil ab. »Bea erzählte mir, dass Ihre Frau krank ist. Was hat sie denn genau?«

»Das sie krank ist, weiß das inzwischen die ganze Stadt?« schnaufte Alfons verärgert. »Wir wollen nicht, dass die Krankheit bekannt wird, noch nicht.«

»Ist es so schlimm? Dann wird sich das nicht verheimlichen lassen«, meinte Emil und begann fester zuzudrücken.

»Ah, das tut gut«, stöhnte Alfons auf.

Ein Zimmer weiter war Edda eingenickt und atmete leicht vor sich hin. Bea setzte sich vorsichtig auf die Bettkante. Edda öffnete langsam die Augen und erkannte ihre Schwiegertochter.

»Alles okay?« fragte Bea.

Edda nickte und gähnte.

»Soll ich dich allein lassen?« Bea richtete das Kopfkissen und die Bettdecke.

Edda nickte erneut und schien wieder einzuschlafen.

»Okay, ich gehe«, sagte Bea leise und verließ das Schlafzimmer.

In der Küche beendete Emil seine Schultermassage.

»Danke, Emil«, sagte Alfons und fragte seine Schwiegertochter, als sie die Küche betrat: »Schläft sie?«

»Ja«, nickte Bea. »Sie ist kurz aufgewacht und dann wieder eingeschlafen.«

»Dann lassen wir sie jetzt schlafen«, entschied Alfons.

Er stand langsam auf. »Was gibt es Neues in Sachen Mordermittlung?«

»Nichts«, antwortete Bea. »Jedenfalls hat man uns über einen Fortschritt nicht informiert.«

»Dann sollte ich mich vielleicht darum kümmern, auf den neuesten Stand zu kommen«, überlegte der Unternehmer.

»Flender ist eingeschlafen«, berichtete Emil amüsiert. »Ist einfach so weggenickt und hat dann laut zu schnarchen begonnen.«

»So, das sieht dem Mann gar nicht ähnlich«, murmelte Alfons nachdenklich.

»War echt peinlich«, bestätigte Bea.

»Hier scheint ja alles aus dem Ruder zu laufen«, stöhnte Alfons aufgebracht. Es fiel ihm sichtlich schwer, nichts unternehmen zu können.

»Wir müssen auf die Arbeit der Polizei vertrauen«, meinte Emil. »Die sind schließlich mit drei Mann vertreten.«

»Ja, da hast du recht, Emil«, nickte Bea. »Außerdem ist da noch der Detektiv.«

»Ich traue dem Mann nicht«, schnaufte Alfons. »Er wirkt so unscheinbar.«

»Vielleicht ist das seine Masche«, kommentierte Emil.

»Hm«, brummte der Unternehmer. »Ich sehe mal nach dem Rechten.«

Er suchte seinen Mantel und fragte: »Kommt ihr mit?«

»Nein, ich will noch in die Kaffeestube gehen«, sagte Bea. »Vielleicht haben die noch etwas von dem Nachtisch.«

»Und du, Emil?« hakte Alfons nach.

»Hört sich nach einer guten Idee an«, erwiderte der Physiotherapeut. »Ich bleibe bei Bea.«

Sie verließen leise die Ferienwohnung. Am Fuß der Treppe angekommen fragte Alfons: »Seid ihr durch den Haupteingang reingekommen?«

»Nein, wir haben den Seiteneingang benutzt«, antwortete Bea. Sie deutete auf die überdachte Tür.

Die beiden jungen Leute blieben vor dem Hintereingang zur Kaffeestube stehen. Alfons nickte und verließ das Forsthaus.

Bea und Emil betraten die Kaffeestube. Die Gruppe der Chauffeure hatte ihren Lärmpegel gesenkt und unterhielt sich gedämpft miteinander. Einige, der in schwarze Anzüge gekleideten Männer, hatten Stühle zusammengeschoben und sich auf ihnen ausgestreckt. Gleich neben dem Nebeneingang an einem Tisch saßen Erich, Holzbaum und Helga. Sie versuchten, Marlowe zu beschäftigen, was ihnen nur mühsam gelang.

Hinter dem Tresen räumte Anne mit einem ihrer Köche die Küche auf.

Die beiden Neuankömmlinge sahen sich einen Moment um. Bea fixierte gleich den Tresen, während Emil erstaunt auf den Tisch starrte, auf dem ein weißer Kakadu mit einem Schnürsenkel spielte.

»Hallo«, grüßte Bea und sah über den Tresen zu Anne. »Haben Sie noch etwas von dem Nachtisch?«

Anne sah zu der Frau, erkannte die Schwiegertochter ihres Auftraggebers und lächelte. »Hallo, Frau Deichmann, natürlich haben wir noch etwas übrig.«

»Oh, das rettet mir das Leben«, sagte Bea entzückt.

»Möchten Sie ebenfalls etwas haben?« fragte die Wirtin Emil, der nun die Gruppe der Chauffeure inspizierte.

Der Physiotherapeut reagierte nicht. Er hatte einen Gegenstand entdeckt, den man mit einem Tischtuch abgedeckt hatte.

»Emil, du bist gemeint«, zischte Bea.

»Oh, ja gerne«, antwortete er geistesabwesend, während er zu dem abgedeckten Gegenstand ging.

Helga, Erich und der ramponierte Holzbaum beachteten Emil nicht, als er neugierig das Tischtuch von der Statue nahm, die Anne vorsorglich abgedeckt hatte. Ein Messingschild mit dem Künstlernamen *„De Jong“* glänzte auf dem matten Holz, aus dem die Statue bestand.

Marlowe entging diese Aktion nicht. Dann geschah das Unglück und das Chaos brach aus.

2

Am Tresen der Karibik-Bar standen der Detektiv, Pfeiffer, Flender und Coco immer noch zusammen. Haberland tat uninteressiert, verfolgte aber aufmerksam das Gespräch etwas abseits an einem Bistrotisch.

Tristan musterte die Sozialarbeiterin und fragte: »Warum hat Senior Schungel eigentlich seinen Sohn benachteiligt?«

»Robbie ist nicht der Kaufmannstyp«, antwortete Coco so aufrichtig, dass man ihr nicht hätte böse sein können.

»Was ist denn der Kaufmannstyp«, mischte sich Flender ein.

Tomi, der Barkeeper, hörte genau zu, wie sich die Gruppe über den Fall unterhielt.

»Der Kaufmannstyp ist ein eloquenter Mensch, der knallhart seinen Geschäftspartner ausmanövriert, um sein Ziel zu erreichen«, erklärte Coco, als wäre das Allgemeinwissen. »Dabei sucht er Kompromisse, so nach dem Motto „Win-Win-Situation" für alle Beteiligten. Aber letztendlich geht er über Leichen, um das Geschäft abzuschließen. Er ist knallhart und wenn nötig geht er mit dem Kopf durch die Wand.«

»Oh, das hört sich ja schrecklich klischeehaft an«, schnaufte Haberland laut und schüttelte den Kopf. »Wenn ich so verhandeln würde, käme ich nie ans Ziel. Da muss man schon etwas kreativer werden.«

»Sie meinen Bestechung?« antwortete Coco entschieden.

»Quatsch«, schoss Habermann zurück. »Wir bieten neben Geld auch andere Angebote an.«

»So!« wunderte sich Flender. »Was sind das denn für Angebote?«

»Oh, das müssten Sie schon selbst herausbekommen«, wehrte der Kanzler ab.

»Was hat das alles mit Robbie zu tun?« erinnerte Tristan, der zurück auf die Frage kommen wollte, warum man den Unternehmersohn nicht für die Geschäftsführung vorgesehen hatte. »Hat er nicht das Richtige studiert?«

»Oh doch, er hat Betriebswirtschaft studiert, aber Robbie ist von Natur aus der ausgleichende Typ«, antwortete Coco. »Er will, dass alle zufrieden sind.«

»Okay«, nickte Flender und grinste, »das könnte in der Tat für eine erfolgreiche Firmenführung im Baugewerbe nicht der passende Geschäftsführertyp sein.«

»Das sehe ich anders«, mischte sich Tomi ein, »wenn Sie lange im Geschäft bleiben wollen, dann dürften Vertrauen und anständiges Verhalten gegenüber allen Partnern die beste Strategie sein.«

»So?!« schnaufte Pfeiffer, »und das wissen Sie, weil Sie Mixgetränke reichen!«

»Nein, das weiß ich, weil ich seit zehn Jahren Mixgetränke reiche und immer wieder gebucht werde«, erwiderte Tomi selbstbewusst.

»Wir sollten Robbie befragen«, entschied Flender und sah nach draußen. »Pfeiffer, suchen Sie ihn!«

»Wo soll ich anfangen?« murrte Pfeiffer.

»Na, wenn er nicht hier im Waldlandhaus oder im Forsthaus ist, dann bleibt nur die Werkstatt hinter dem Waldlandhaus übrig«, schnaufte Flender. »Also los!«

»Ich komme mit«, sagte Tristan.

Das Sturmtief bewegte sich mit der Behäbigkeit eines Mammuts über das Land. Es walzte alles nieder, das nicht den Schneemassen und Winden standhielt. Eine Mammutherde dürfte eine ähnlich verheerende Auswirkung auf die ersten Menschenlager gehabt haben. Während das ausgestorbene Eiszeittier niemanden mehr in seiner Existenz bedrohte, plagte der Sturm das Leben der Wittgensteiner und Siegerländer gehörig, wenigstens die, die mitten in der Nacht zu arbeiten hatten.

Doch als Tristan und Pfeiffer das Waldlandhaus verließen, gab es zum ersten Mal in dieser Nacht eine Wetterbesserung. Sie konnten das gegenüberliegende Forsthaus deutlich erkennen. Der Wind und der Schneefall hatten an Intensität verloren. Außerdem frästen ihnen keine Eiskristalle die Haut aus dem Gesicht. Die Schneeflocken glitten sanft zu Boden und das bedrohliche Knarzen und Ächzen aus dem Wald veränderte sich zu einem Rauschen.

»Wo geht es lang?« fragte Pfeiffer, der ungläubig in die schwarze Nacht blickte.

»Wir müssen um das Haus herum«, antwortete Tristan, der über seine laute Stimme erschrak.

»Der Sturm lässt nach«, bemerkte der Hauptkommissar.

»Ja«, nickte der Detektiv.

Schweigend gingen sie um das Waldlandhaus und entdeckten den kleinen Pfad, den Robbie und Benno zuvor freigeschaufelt hatten.

»Sehen Sie, ein Weg!« Pfeiffer deutete auf das Offensichtliche.

Tristan nickte und sie gingen hintereinander auf die Werkstatttür zu.

Mit einem quietschenden Geräusch, das Tote erwecken konnte, öffneten sie die Tür. Benno, Robbie und Joline standen vor dem Diorama.

»Hallo!« rief der Detektiv.

Die drei sahen auf.

»Hallo«, erwiderte Benno. »Was suchen Sie?«

»Wir suchen Sie«, antwortete der Hauptkommissar scharf.

»Wen genau, ich meine, wir sind zu dritt«, erwiderte Joline angriffslustig.

»Herrn Schungel«, antwortete Tristan freundlich. »Wir hätten einige Fragen.«

»So?« antwortete Robbie überrascht. »Wie kann ich Ihnen helfen?«

Pfeiffer trat unterdessen an das Diorama und sah es sich an.

»Was ist das?« fragte er interessiert.

Benno erklärte es dem Hauptkommissar. Tristan hörte aufmerksam zu. Der Forstwissenschaftler erwähnte jedoch nichts von seinen Finanzierungsbemühungen. Die brachte Robbie schließlich ins Spiel.

»Benno wollte sich das Projekt von Nils finanzieren lassen«, warf der angehende Geschäftsführer in den Raum. »Der hat ihn jedoch abblitzen lassen.«

Tristan sah zu einem sichtlich enttäuschten Forstwissenschaftler.

»Jetzt hat er mir das hier gezeigt, weil er glaubte, dass ich ihm das Geld geben würde«, führte Robbie weiter aus.

»Und, werden Sie ihn unterstützen?« Pfeiffer blickte ihn ruhig durch seine Nickelbrille an.

»Nein, das ist doch ...«, antwortete Robbie abfällig.

»... Schwachsinn!« platzte es aus Benno heraus.

»Vielleicht«, antwortete Robbie versöhnlich.

Tristan spürte, dass die Situation in Handgreiflichkeiten ausarten könnte und fragte: »Wer hat den Pfad geschaufelt?«

»Das waren die beiden Herren«, mischte sich Joline ein, die kein Interesse daran hatte, dass sich die beiden Männer stritten.

»Wo haben Sie die Schaufeln gefunden?« hakte Tristan weiter nach.

»Draußen«, antwortete Benno mit einem bedrohlichen Unterton. »Aber deshalb haben Sie uns doch nicht gesucht, oder?«

»Nein, wir wollten Herrn Schungel ein paar Fragen zu seiner plötzlichen Beförderung stellen«, grinste Pfeiffer teuflisch. »Wir haben nämlich herausgefunden, dass Ihnen die Entscheidung Ihres Vaters gar nicht gefiel, Nils Nolte als Geschäftsführer einzusetzen.«

»Das ist Blödsinn«, zischte Robbie. »Mir war es egal, wer die Firma übernimmt. Ich wollte nur meinen Anteil.«

»So?« Tristan sprach freundlich und blickte Robbie direkt in die Augen.

»Ja, das ist die Wahrheit«, antwortete er ruhig. »Wenn Sie mir nicht glauben, dann ist es Ihr Problem.«

»Waren Sie die ganze Zeit zusammen?« fragte Tristan.

»Was soll diese Frage?« zischte Joline, »natürlich!«

»Nein, waren wir nicht«, sagte Benno mit einem fiesen Grinsen. »Als wir die Schaufeln suchten, haben wir uns getrennt.«

»So?« Pfeiffer zog die Augenbrauen nach oben.

»Ja, ich habe meine Schaufel neben dem Waldlandhaus gefunden. Joline war dabei«, erklärte Benno und sah Robbie an.

»Was willst du andeuten«, sagte der verwirrt. »Ich habe die Schaufel an der Wand des Forsthauses gefunden.«

»Woher wussten Sie, dass Sie dort eine Schaufel finden würden?« wunderte sich Tristan.

»Na, weil Benno mir das gesagt hat. Er arbeitet hier!« Robbie sah zu seinem Freund.

»Stimmt das, Frau Jung?« Pfeiffer sah zu Joline.

»Nein, Benno sagte, dass die Schaufel an der Wand des kleinen Windfangs vor dem Seiteneingang stehen würde.«

»Dort haben Sie die Schaufel aber nicht gefunden, oder?« Pfeiffer rückte seine Brille zurecht.

»Keine Ahnung!« stöhnte Robbie. »Ich habe sie gefunden, was soll das?«

Die Werkstatttür wurde aufgerissen, Holzbaum trat ein und rief: »Irle, Sie müssen sofort mitkommen! Es geht um Leben und Tod!«

3

Der perfekte Sturm ergibt sich, wenn ein Tiefdruckgebiet auf ein Hochdruckgebiet trifft und in der Mitte feuchte, warme Luft eingeschlossen wird. Das letzte Mal geschah dies Anfang der Neunziger über dem Atlantik. Wellenberge, die so hoch waren wie sechsstöckige Gebäude, wühlten das Meer um. Es gab Tote.

Bevor Holzbaum schweißgebadet in der Werkstatt auftauchte, war Folgendes geschehen: Im Forsthaus Hohenroth prallte ein Tief auf ein Hoch und in der Mitte saß ein genervter weißer Kakadu. Das Hoch taumelte in Form eines leicht angesäuselten „Chauffeurs" aus der westlichen Ecke der Kaffeestube in Richtung Toilette. Das Tief bewegte sich in Form eines mies gelaunten Gastes namens „Emil" von Süden auf den Chauffeur zu. In der Mitte hockte Marlowe auf der Tischplatte und war gelangweilt.

Vor dem Tresen stand – wie bereits erwähnt – verdeckt auf einem Sockel eine metergroße Holzstatue, die durch ein Tuch vor den Blicken der Gäste geschützt war. Der neugierige und mies gelaunte Emil griff nach dem Tuch und hob es vorsichtig an. In diesem Augenblick rammte der angetrunkene Chauffeur unbeabsichtigt Emil. Beide begannen zu stolpern und fielen hin. Emil riss dabei das Tuch und die darunter versteckte Eulen-Statue mit sich. Es gab ein lautes Scheppern. Die Holzstatue rollte unter dem Tuch hervor und die naturalistisch gearbeitete Eule kam zum Vorschein. Marlowe erschrak beim Anblick der Eule und flatterte panisch in die Luft.

Nun waren die Deckenhöhen im alten Forsthaus nicht die höchsten und so stieß der Kakadu nur wenige Sekunden nach dem Start gegen eine Deckenlampe. Der Lampenschirm überstand den

Zusammenstoß nicht und fiel herunter. Er verfehlte Erichs Kopf um wenige Zentimeter und krachte auf die Tischplatte, wo er in hunderte Glassplitter zerbrach. Das erschreckte Marlowe ein weiteres Mal. Jetzt flog er panisch durch die Kaffeestube und holte nach und nach die Lampenschirme von der Decke. Das war der Moment, wo Holzbaum die Stube verließ, während die anderen Schutz unter den Tischen suchten.

Eine gefühlte Ewigkeit später platzte Tristan herein. Marlowe war die Puste ausgegangen, er saß auf einer Gardinenstange. Als er sein Herrchen erblickte, flog er ihm sofort entgegen. Der Detektiv streckte den Arm aus und der Kakadu landete erschöpft auf ihm.

»Alles gut«, tröstete Tristan Marlowe und kraulte ihm die Brust.

Der Kakadu ließ sich einen Moment liebkosen, dann krabbelte er den Arm hinauf auf die Schulter, wo er sich ganz nah an Tristans Kopf schmiegte.

»Irgendwer verletzt?« rief Tristan.

»Nein«, antwortete Helga, die zusammen mit Bea unter einem Tisch hervorkam.

Erich klemmte unter dem Nebentisch und benötigte einen Moment, bis er seine langen Beine auseinandergefaltet hatte.

»Was hat Marlowe so erschreckt?« wunderte sich der Detektiv.

»Mann, das ist ja ein Teufel«, maulte unterdessen Emil, der dem angesäuselten Chauffeur half aufzustehen.

»Das war diese Eule aus Holz«, erklärte Erich, der langsam unter dem Tisch hervorkam. »Sie war mit dem Tuch verdeckt.«

Tristan blickte auf die naturalistisch gearbeitete Figur. Sie stellte einen Uhu dar. Der Künstler hatte dem Uhu die typischen bernsteinfarbigen Augen angemalt. Sie blickten aggressiv auf den Detektiv. Marlowe begann erneut unruhig zu werden. Tristan wandte sich ab.

»Eine tolle Arbeit«, sagte der Detektiv anerkennend.

»Ja, aber die Tiere mögen die Statue nicht«, bemerkte Anne aus der Küche heraus, die von Marlowes Angriff unberührt geblieben war. »Wie viele Lampen hat der *Vogel* erwischt?«

»Ich fürchte, alle«, antwortete Helga, die die Deckenbeleuchtung inspizierte.

»Keine Sorge, ich habe eine Haftpflichtversicherung«, sagte Tristan verschnupft. Der Detektiv mochte es nicht, wenn man seinen Kakadu einen ordinären *Vogel* nannte.

»Gut«, nickte Anne erstaunlich gefasst. »Dann sollten wir aufräumen, wir haben schließlich Gäste.«

Die Wirtin teilte ihrem Personal mit, wo Besen, Kehrblech und Mülleimer zu finden waren.

Marlowe wollte sich nicht entspannen, deshalb ging Tristan an das Ende des Raumes, weit weg von der Holzfigur. Erich folgte ihm.

»Was hat es an Fortschritten gegeben?« fragte er leise, um von dem Schlamassel, in dem sie steckten, abzulenken.

Tristan berichtete seinem Freund das Wesentliche, während Helga ein Kehrblech entgegennahm und anfing, die Scherben auf dem Boden zusammenzukehren.

Anne kümmerte sich um die Überreste der Lampenschirme, die auf den Tischen und Stühlen liegen geblieben waren. Vorsichtig schob sie die Glasscherben in einen Eimer.

Bea und Emil versuchten nicht im Weg zu stehen und überlegten, wieder zurück zur Festgesellschaft zu gehen, als Viktor durch den Haupteingang eintraf.

»Na, was für eine Überraschung!« rief Emil.

»Was ist hier geschehen?« fragte Viktor seine Frau.

»Das war dieser Kakadu«, Bea deutete auf Tristan und Marlowe. »Er hat sich vor der Eulen-Statue erschreckt.«

Der junge Geschäftsführer hatte sich Zeit gelassen. Nachdem er die Bar verlassen hatte, genoss er eine weitere Zigarre, die er im Windschatten des Waldlandhauses paffte. Pfeiffers Anschuldigungen hatten ihn nachdenklich gemacht. Er nahm sich vor, keine weiteren zu dulden. Wenn die Polizei ihn verdächtigte, gut, sollte sie nur, denn beweisen konnte sie nichts. Mit einem zufriedenen Gefühl war er zum Forsthaus aufgebrochen, als Alfons gerade dasselbe durch den Seiteneingang verließ.

Viktor musterte die Holzfigur und verzog sein Gesicht.

»Schatz, was hast du?« fragte Bea besorgt.

»Nichts«, murmelte Viktor. »Der Name des Künstlers, von irgendwoher kenne ich den. Ist jemand verletzt worden?«

»Nein, alles in Ordnung«, rief Anne, die ihre Kundschaft nicht verschrecken wollte.

»Es sieht zwar nicht so aus, aber wenn Sie es sagen«, antwortete Viktor und sah sich um. »Sollten wir nicht gehen? Wir stören hier doch nur.«

»Gute Idee«, grinste Emil. »Bin dabei.«

»Es hält dich keiner fest«, zischte Viktor. »Du kannst jederzeit zurück zur Festgesellschaft gehen.«

»Deiner Mutter geht es gut« sagte Bea, die ihren gereizten Ehemann beruhigen wollte. »Musst dir keine Sorgen machen.«

»Entschuldige«, stöhnte Viktor, als er bemerkte, dass seine Emotionen für jedermann sichtbar waren. »Es war nur ein langer Tag, da wird man schon mal dünnhäutig.«

»Wenn du das sagst«, nuschelte Emil. »Ich bin drüben.« Er schob sich an Helga vorbei in Richtung Haupteingang.

Als Beas Vetter die Kaffeestube verlassen hatte, fragte sie ihren Mann leise: »Was hast du wirklich?«

»Nicht hier«, antwortete Viktor, »lass uns hoch zu meinen Eltern gehen.«

»Deine Mutter schläft«, antwortete Bea. »Dein Vater ist zurück ins Waldlandhaus gegangen.«

4

Holzbaum wollte sich nützlich machen und war in der Werkstatt geblieben. Die beiden Hauptkommissare blickten Benno skeptisch an. Pfeiffer hatte in der Werkstatt seinen Partner gerade auf den neuesten Stand der Ermittlungen gebracht.

»Herr Weigel, Sie müssen doch zugeben, dass Ihre Chancen besser werden, eine Finanzierung zu bekommen, wenn Ihr Freund die Entscheidung trifft«, brummte Pfeiffer. »So was nennt man ein gutes Motiv.«

»Quatsch, Sie haben doch selbst gehört, dass Robbie nicht investieren will«, schnaufte Benno und deutete auf seinen Freund.

»Das konnten Sie aber vorher nicht wissen«, schob Holzbaum nach.

»Ja, aber so blöd bin ich nicht, dass *ich* jemanden wegen meines Projektes umbringen würde, bloß auf den Verdacht hin, dass der Nächste es vielleicht finanziert«, entgegnete der Forstwissenschaftler. »Sie sollten jemanden suchen, der wirklich ein Motiv hat. Ich bin es jedenfalls nicht!«

»Komm, lass uns zurückgehen«, schlug Joline vor. Die gruselige Werkstatt verlor mit der Anwesenheit der beiden Polizisten ihre prickelnde Wirkung.

»Ja, ich finde auch, dass wir zurückgehen sollten«, nickte Robbie.

»Na, nicht so schnell«, knurrte Pfeiffer. »Sie haben nicht zufällig meinen Partner Holzbaum kennengelernt?«

»Was soll das denn!« Robbie schüttelte den Kopf.

»Sie hätten meinen Partner überfallen können«, schob Pfeiffer nach. »Sie waren doch allein da draußen.«

»Ja, um eine Schaufel zu holen«, antwortete Robbie hastig. »Ich gehe jetzt zurück.«

Die beiden anderen nickten und folgten Robbie nach draußen. Der Sturm hatte weiter nachgelassen und sich gelegt. Die Schneeflocken fielen jetzt wie abgezählt aus dem schwarzen Himmel. Das Ächzen aus dem Wald war gänzlich verstummt.

Als die drei die Werkstatt verlassen hatten, fragte Pfeiffer besorgt: »Geht es dir gut?«

»Der Kopf tut weh, aber keinen Schwindel oder sonstige Symptome einer Gehirnerschütterung«, antwortete Holzbaum und verzog seinen Mundwinkel zu einem Lächeln. Beruhigend sah das nicht aus. Frankensteins Monster wäre mit einem Lächeln sympathischer rübergekommen. Die Kopfwunde schmerzte, wenn er seine Gesichtsmuskeln beanspruchte, deshalb versuchte der Polizist, so gut wie gar nicht einen Gesichtsausdruck zu zeigen.

»Gut«, stöhnte Pfeiffer und ein ausgesprochen langes Gähnen folgte.

»Was machen wir?« Holzbaum sah sich das Diorama genauer an.

»Ehrlich! Ich habe keine Ahnung«, antwortete Pfeiffer.

»Verrückte Idee, aber wenn man das mal ganz genau durchdenkt, so daneben liegt der

Forstwissenschaftler nicht«, grübelte Holzbaum. »Stell dir mal vor, was das für ein Geschäft für die Bauunternehmer werden könnte.«

»Also, da kenne ich mich nicht aus«, antwortete Pfeiffer und zappelte mit den Armen hin und her. »Wir brauchen Beweise, Spuren oder am besten ein Geständnis. Sonst geht die Sonne auf und wir haben gar nichts.«

Holzbaums Blick fiel auf die nassen Schaufeln, die neben dem Eingang an der Wand standen. »Du erwähntest, dass Robbie eine Zeit lang allein war. Vielleicht sollten wir uns mal in der Nähe des Fensters umsehen.«

Pfeiffer blickte seinen Partner verständnislos an. »Welches Fenster?«

»Na das, was man eingeschlagen hat und das in den Raum mit dem Sicherungskasten führt«, erklärte Holzbaum und deutete auf seine Wunde. »Die Schaufel wäre doch bestens geeignet, Scheiben einzuschlagen.«

Pfeiffer grinste. »Na, der Schlag auf den Kopf hat also nicht geschadet.« Er nahm eine der Schaufeln in die Hand. »Bestens geeignet, damit Fensterscheiben zu zerschlagen.«

»Sag ich doch«, antwortete Holzbaum. »Also, wollen wir?«

Pfeiffer stellte die Schaufel zur Seite. »Dann mal los.«

Sie traten in die Nacht. Für einen Augenblick blieben beide Kommissare vor der Werkstatt stehen. Sie blickten sich suchend um. Die schwache

Leuchte über dem Kühlhaus verursachte bizarre Schatten, in denen sich böse Gestalten verstecken konnten. Es war erstaunlich ruhig. Der Sturm hatte sich endgültig zu einer schwachen Brise verwandelt. Kein Fauchen des Windes, der sich am Giebeldach brach. Leise und friedlich fielen Schneeflocken, als hätte es den Sturm nie gegeben.

Sie folgten dem Pfad zurück zum Waldlandhaus. Von dessen Eingang hatten sich zwei weitere Pfade gebildet. Der eine führte links am Brunnen und am Forsthaus vorbei zum Haupteingang des Forsthauses. Der zweite Pfad querte den Hof und führte direkt auf den Seiteneingang des Forsthauses mit seinem Vordach. Diesen Pfad nahmen die beiden Polizisten. Wie sich herausstellte, kamen sie so den Kellerfenstern ziemlich nahe.

»Wenn es nicht so gestürmt hätte, könnten wir vielleicht ein paar Spuren erkennen«, murmelte Holzbaum.

»Die sind alle zugeweht worden«, kommentierte Pfeiffer und spähte nach dem kaputten Fenster. »Da ist das eingeschlagene Fenster.«

Ein tiefschwarzes Loch deutete in der Grundmauer des alten Hauses auf ein Fenster. Die intakten Scheiben spiegelten das wenige Streulicht und wirkten weniger bedrohlich. Die beiden Kommissare verließen den Pfad und mussten durch kniehohen Schnee stampfen, um an das Fenster zu gelangen.

»Bleib stehen«, rief Holzbaum plötzlich, der hinter seinem Chef herging.

»Was ist?« fragte Pfeiffer. Er wandte sich langsam zu seinem Partner und blickte ihn an, als hätte er gerade eine Landmine aktiviert.

»Schau mal nach unten«, bat Holzbaum. »Ich meine, da ist was.«

Pfeiffer riss seine Augen auf und blickte zu Boden.

»Ich sehe nichts«, murmelte er und hoffte inständig, dass die Siegerländer Förster schon mal etwas von der Ottawa-Konvention gehört hatten, die den Einsatz der schrecklichen Landminen untersagte.

»Hinter dir«, antwortete Holzbaum.

Pfeiffer drehte sich weiter um und beugte sich nach unten. Da sah er ihn. Ein roter Stofffetzen ragte aus der Fußspur heraus, die Pfeiffer zuvor in den Schnee gedrückt hatte.

»Was ist das?« Der Hauptkommissar zog an dem Stofffetzen und förderte einen rot-weißen Winterschal aus dem Schnee heraus.

»Sieht aus wie ein Schal«, sagte Holzbaum.

Pfeiffer schüttelte ihn, bis er vom Schnee befreit war. »Denkst du, was ich denke?«

»Wenn du meinst, dass der Attentäter ihn verloren haben könnte«, antwortete Holzbaum. »Dann denke ich, dass wir einen Beweis gefunden haben.«

Pfeiffer nickte und untersuchte das Kleidungsstück. »Kein Namensschild, nur ein kleines Loch in der Mitte.«

»Die Farbe passt zum Mantel von Robbie Schungel«, bemerkte Holzbaum.

»Ja, das fiel mir auch auf«, zischte Pfeiffer. »Der Junge war hier. Ich denke, dies sollten wir Flender jetzt mitteilen.«

5

Flender überwand endlich den toten Punkt seiner Müdigkeit. Neben ihm standen Emil Daub und Alfons Deichmann. Alfons gönnte sich einen Whisky. Der Unternehmer war es durch lange Geschäftsverhandlungen gewohnt, die Nächte durchzumachen. Doch mit zunehmendem Alter wehrte sich sein Körper gegen diese Tortur. Mit ein paar Tricks schaffte er es, wach zu bleiben. Der kurze Gang durch die frische Luft hatte Morpheus zurückgetrieben. Der Whisky in der Hand tat ein Weiteres, um seine Sinne zu schärfen.

»Edda schläft«, sagte Alfons und nippte an seinem Glas. »Was gibt es Neues?«

»Auf welchem Stand bist du?« fragte sein Freund Flender.

»Emil sagte mir, du seist eingeschlafen.« Alfons' Stimme klang vorwurfsvoll.

»So!« Flender musterte Emil.

Der zuckte die Schulter und lächelte.

»Ja«, nickte schließlich der Polizist und ließ sich ein Glas Wasser geben. »Jetzt bin ich aber wieder voll da.«

»Das solltest du auch«, murmelte Alfons. »Da draußen ist immer noch ein Mörder.«

»Das brauchst du mir nicht zu sagen«, murrte der Polizeidirektor.

»Haben Sie denn Hinweise gefunden?« fragte Emil.

»Nein, wir haben noch keinen richtigen Hinweis«, knurrte Flender.

Bis zu diesem Zeitpunkt hatten weder Coco noch Tristan dem Polizeidirektor von Eddas Medikament berichtet. Doch das sollte sich bald ändern.

Ein kalter Luftzug verriet, dass die Tür erneut aufgerissen wurde. Joline, Benno und Robbie kamen zurück ins Waldlandhaus.

»Wo haben Sie sich denn herumgetrieben?« fragte Flender und leerte das Wasserglas.

Die drei entledigten sich ihrer Winterjacken und Mäntel.

»Wir waren nebenan in der Werkstatt«, antwortete Benno, »aber das geht Sie eigentlich nichts an.«

»So?!« schnaufte Flender. »Das geht mich sehr wohl was an!«

»Wirklich?« Benno schüttelte den Kopf. »Du solltest dich um den Mörder kümmern. Draußen lässt der Sturm nach und bald können wir diesen Ort verlassen.«

»Das lass mal meine Sorge sein«, knurrte Flender zurück.

»Komm, wir gehen nach oben«, schlug Joline vor, die einen Streit vermeiden wollte.

»Gute Idee«, nickte Robbie, »ich will mal nach meinen Eltern sehen.«

»Ich bleibe an der Bar«, sagte Emil.

Die drei gingen die Treppe hinauf.

»Die jungen Leute«, bemerkte Haberland, der immer noch etwas abseits auf einem Barhocker saß. »Keinen Respekt mehr vor der Obrigkeit.«

»Was soll das heißen?« fragte Emil, der sich angesprochen fühlte.

»Nichts Besonderes«, antwortete Haberland sarkastisch.

»Kanzler, halten Sie den Mund«, stöhnte Flender und blickte sich um. »Wo sind denn Pfeiffer und Holzbaum?«

»Der Dicke war nicht mehr hier, seit er die Leiche mit dem Diakon hier fortgeschafft hat«, erinnerte Haberland den Polizeidirektor. »Pfeiffer und der Detektiv sind rüber in die Werkstatt gegangen.«

»Ja, um die drei zu befragen, die gerade genervt die Treppe rauf sind«, antwortete Flender. »Vielleicht sollte ich drüben im Forsthaus mal nachsehen.«

Die Tür wurde aufgerissen und besagte Polizisten traten ein.

»Pfeiffer! Und Holzbaum – geht es Ihnen besser?« Flender blickte auf den Kopfverband.

»Ja, Chef, es geht mir gut«, antwortete Holzbaum. »Haben Sie Robbie Schungel gesehen?«

»Ja, der ist mit Benno und Joline nach oben gegangen«, antwortete Alfons.

»Was ist das für ein Schal?« Flender deutete auf das Kleidungsstück.

»Haben wir in der Nähe des Forsthauses gefunden«, erklärte Pfeiffer.

»Wir denken, dass er Robbie gehört«, sagte Holzbaum. »Er scheint eine Gelegenheit gehabt zu haben, mir auf den Kopf zu schlagen.«

»Wie kommen Sie darauf, dass der Schal Robbie gehört?« wunderte sich Alfons. »Und warum sollte Robbie das tun?«

»Haben Sie seinen rot karierten Mantel gesehen, der passt zu dem Schal«, antwortete Pfeiffer scharf und knurrte: »Wir glauben, dass er Nils' Job haben wollte. Lass uns den Kerl verhaften!«

Die beiden Polizisten gingen die Treppe hinauf. Flender, Haberland und Alfons folgten ihnen.

Der Festsaal glich einem Pfadfinderlager. Einige Gäste hatten sich auf den Boden gelegt, andere hatten Stühle zu Bänken zusammengeschoben, um so ein wenig die Beine ausstrecken zu können.

Robbie, Benno und Joline standen am Eingang der kleinen Küche.

»Robbie Schungel!« rief Pfeiffer laut.

Die Gäste hoben die Köpfe und sahen nach der Lärmquelle.

Der Hauptkommissar ging auf Robbie zu. Holzbaum und drei Führungskräfte aus unterschiedlichen Branchen standen am Rand der Treppe und beobachteten den Hauptkommissar.

»Ist das Ihr Schal?« Pfeiffer hielt das Kleidungsstück hoch.

»Das kann ich nicht sagen«, maulte Robbie. »Zeigen Sie mal her!«

Pfeiffer hielt ihm den Schal hin, ließ ihn aber nicht los.

»Das könnte mein Schal sein«, nickte schließlich Robbie. »Haben Sie ihn von der Garderobe genommen?«

»Nein, den haben wir gefunden«, zischte Pfeiffer.

»Holzbaum, sehen Sie nach, ob Robbies Schal an der Garderobe hängt!« befahl Flender, der Pfeiffer ansah wie ein Vater seinen Sohn, der gerade dabei war, eine demütigende Tat zu begehen.

»Es ist der rot karierte Mantel! Sie finden den Schal im Ärmel«, rief ihm Robbie nach.

Holzbaum eilte die Treppe hinunter und kam einen Augenblick später zurück.

»Da ist kein Schal!« erklärte Holzbaum ernst.

»So?!« höhnte Pfeiffer. »Robbie Schungel, Sie sind verhaftet wegen des Verdachtes, Nils Nolte getötet zu haben.«

»Das kann nicht sein«, sagte Robbie perplex und wollte auf die Treppe zugehen.

Der Hauptkommissar trat ihm in den Weg und zückte seine Handschellen.

»Drehen Sie sich um!« befahl Pfeiffer.

»Was machen Sie da!« rief Hermann Schungel, der aus der Küche trat. »Lassen Sie meinen Sohn in Ruhe!«

»Beruhige dich, Hermann«, rief Alfons und ging auf den Bauunternehmer zu.

»Warum sollte ich Nils was antun?« rief Robbie, der sich widerstandslos die Handschellen anlegen ließ. »Ich will doch gar nicht Geschäftsführer werden.«

6

Das Chaos in der Kaffeestube war behoben worden. Einzig die zerstörten Lampenschirme der Deckenleuchten deuteten noch darauf hin, dass ein weißer Kakadu wie ein Orkan durch den Raum geflogen war. Zum Glück funktionierten die Lampen auch ohne den Schirm.

Über der Eulen-Statue lag wieder ein Tuch und Marlowe saß auf Tristans Schulter, die er so schnell nicht wieder verlassen würde.

Anne und Helga bereiteten eine Nachtsuppe vor. Man hatte sich dazu entschlossen, sobald die Suppe fertig war, zusammen in den Festsaal zu gehen.

Es wurde plötzlich laut, als Pfeiffer mit Robbie im Schlepptau – gefolgt von Holzbaum, Hermann Schungel und Polizeidirektor Flender – in die Kaffeestube platzten.

»Wir haben den Mörder«, rief Pfeiffer triumphierend.

»Ich war es nicht«, jammerte Robbie.

»Ihr hört es doch! Mein Sohn war es nicht!« rief Hermann aufgebracht. »Herr Flender, das ist eine Sauerei, wie ihr vorgeht!«

Der Hauptkommissar drückte den Verdächtigen auf einen Stuhl und befahl: »Sitzen bleiben und jetzt keinen Mucks.«

Erich und Tristan sahen sich an und schüttelten die Köpfe.

»Wilhelm, muss das sein?« fragte Tristan und deutete auf Robbie, dem man die Hände auf den Rücken gebunden hatte. »Können Sie ihm nicht die Handschellen abnehmen?«

»Damit er noch jemanden umbringt!« empörte sich Pfeiffer.

»Was für Beweise habt ihr denn?« fragte Erich laut.

»Das geht einen Diakon wohl wenig an«, erwiderte Flender.

»Jetzt beruhigt euch alle mal!« rief Helga aus der Küche. »Es ist noch lang bis zum Morgen.«

»Sie hat recht«, nickte Tristan. »Vielleicht sollte Herr Pfeiffer uns mal aufklären, was Robbie zu einem Verdächtigen macht.«

Der Hauptkommissar nickte und erklärte: »Wir haben seinen Schal vor dem zerbrochenen Fenster gefunden, das zu dem Raum mit dem Sicherungskasten führt. Außerdem war er zur betreffenden Zeit, als Holzbaum überfallen wurde, angeblich dabei eine Schaufel zu suchen. Und zum Schluss hat er ein Motiv!«

»Ich habe Nils um den Job als Geschäftsführer nicht beneidet. Ich will das gar nicht werden, Geschäftsführer«, stöhnte Robbie, der damit Pfeiffers Ausführungen unterbrach.

»Wilhelm, kann ich dich mal sprechen?« bat Tristan und stand auf.

Flender nickte und ging zu Tristan.

»Ich kann dich nicht ernst nehmen, wenn dieser Vogel auf deinen Schultern sitzt«, maulte der Polizeidirektor.

»Dein Problem«, antwortete der Detektiv und führte ihn durch den Hintereingang in den Flur des Forsthauses.

»Warum so geheimnisvoll?« fragte Flender, als Tristan die Treppe zur Ferienwohnung und dann zum Keller kontrollierte.

»Weil ich nicht will, dass uns jemand belauscht«, antwortete Tristan. »Coco Jung hat herausbekommen, woher die Gamma-Hydroxybuttersäure stammt.«

Flender blickte den Detektiv überrascht an. »Seit wann weißt du das?«

»Seit die Deichmanns in die Ferienwohnung eingezogen sind. Edda leidet an Narkolepsie, bei der man ein Medikament einsetzt, das aus GHB besteht«, antwortete Tristan. »Durch das ganze Chaos hatte ich noch keine Gelegenheit, dir das mitzuteilen.«

»Deshalb war Alfons die letzten Tage so niedergeschlagen«, überlegte Flender laut. »Weiß das auch Pfeiffer?«

»Nein, das wissen nur du, Coco und ich«, antwortete der Detektiv.

»Und du denkst, dass Robbie keine Ahnung von Eddas Krankheit hat?« überlegte Flender.

»Und deshalb auch nicht auf GHB als Mordwaffe kommen konnte?«

»Wilhelm, ich kann nicht sagen, ob Robbie von Eddas Krankheit weiß! Aber was ich ganz sicher sagen kann, ist, dass der Mörder oder die Mörderin von Eddas Krankheit wissen musste und eine Gelegenheit fand, das Medikament zu stehlen, um es in Nils' Glas zu kippen.«

»Das Motiv von Robbie ist einleuchtend«, antwortete Flender. »Wer hätte sonst etwas gegen Nils haben sollen?«

»Da wäre der Sohn deines Freundes Alfons«, antwortete Tristan betont langsam. »Er hat ebenso ein gutes Motiv und bei ihm wissen wir, dass er die Krankheit seiner Mutter kannte.«

»Was für ein Motiv?« polterte der Polizeidirektor. »Du glaubst doch nicht dem Kanzler?«

»Überleg mal, Wilhelm, wir wissen nicht, was Viktor mit dem Grundstück anfangen will, aber sicher geht es um eine Menge Geld«, erklärte Tristan. »Viktor ist genauso verdächtig, wie es Robbie ist, bloß bei Robbie wissen wir nicht, ob er von Eddas Krankheit weiß und er wird uns das sicher nicht sagen.«

»Das ist doch irre«, schimpfte Flender, dem langsam klar wurde, dass der Fall noch nicht gelöst war. »Was schlägst du vor?«

»Du solltest die Zentrale in Weidenau kontaktieren«, schlug Tristan vor.

»Wie soll das gehen? Wir haben keinen Handyempfang und das Festnetz ist tot«, antwortete Flender.

»Über Funk. Ihr seid doch mit Pfeiffers Dienstwagen hergekommen«, erwiderte der Detektiv.

»Ja, das ginge!« nickte der Polizeichef. »Und um was soll ich die Zentrale bitten?«

»Versuch herauszubekommen, was an Planungen in der Friedrichstraße und Umgebung veröffentlicht wurde.«

»Du meinst das Projekt *Campus Unteres Schloss Nord*?« Flender runzelte die Stirn.

»Ja, aber auch mögliche Planungen, die nicht von der Uni vorangetrieben werden«, ergänzte der Detektiv.

»Verstehe«, nickte Flender. »Wenn Viktor in der Friedrichstraße etwas Größeres plant, dann muss er das mit dem Bauamt absprechen.«

»Ich glaube nicht, dass die Stadt schon involviert ist. Der Bürgermeister ist ein Fan der Uni-Lösung«, meinte Tristan. »Ich denke, dass man am ehesten etwas in den Medien und im Internet findet.«

»Also Recherche über den Computer«, murmelte Flender. »Keine Befragung?!«

»Ja, schau mal auf die Uhr!« Tristan deutete auf seine Armbanduhr. »Es ist noch mitten in der Nacht. Da wirst du keinen in der Stadtverwaltung finden.«

»Da ist was dran«, murmelte der Polizeidirektor. »Aber ich habe den richtigen Mann für die Arbeit am Computer.«

»Du denkst an Arne Affolderbach«, grinste Tristan.

»Der Junge ist fit genug, um diese Aufgabe zu lösen«, antwortete Flender zuversichtlich. »Ich setze mich selbst ans Funkgerät. Die sollen Affolderbach aus den Federn holen. Er hat heute Bereitschaftsdienst.«

»Gut, aber da wäre noch etwas.« Tristan kraulte Marlowe, der friedlich auf seiner Schulter saß.

»Ja?!«

»Benno Weigel, der Forstwissenschaftler«, begann Tristan. »Er hat uns ein Projekt gezeigt, das – nun sagen wir – skurril scheint.«

»Uns?«

»Pfeiffer und mir. Holzbaum dürfte sicher jetzt auch informiert sein«, erklärte Tristan.

»Um was für ein Projekt handelt es sich?« hakte Flender nach.

»Er will Rückhaltebecken in den Wäldern anlegen und daraus den Wald bewässern, wenn die Trockenzeit beginnt. Ein Diorama steht drüben in der Werkstatt. Aber zuvor hat Benno versucht, Robbie als Geldgeber für das Projekt zu gewinnen. Nils Nolte hatte er ebenfalls um Finanzierungshilfe gebeten, blitzte jedoch ab«, antwortete Tristan.

»Okay«, nickte Flender. »Mit Trockenzeit meinst du einen heißen Sommer?«

»Ja, es wäre nicht verkehrt, wenn Affolderbach da ebenfalls nachbohrt, um zu sehen, wie seriös das Projekt ist.«

»Benno ist ein durch und durch seriöser Junge«, schnaufte Flender.

»Nun ja, er schwänzelt um Joline herum, die bis gestern noch Nils' Freundin war«, gab Tristan zu bedenken. »Glaubst du, das hat gestern erst angefangen?«

»Wenn ich dich richtig verstehe, siehst du gleich zwei Motive, die Benno für einen Mord haben könnte«, seufzte Flender.

Tristan nickte.

»Gut, ich werde auch das Affolderbach untersuchen lassen«, antwortete Flender.

»Wir sollten das vertraulich behandeln«, schlug Tristan vor. »Ich meine wirklich vertraulich.«

»Pfeiffer und Holzbaum sollen davon nichts erfahren!« Flender schüttelte den Kopf. »Das ist nicht gut.«

»Sie halten Robbie für den Mörder. Dass es noch andere Verdächtige gibt, müssen sie nicht wissen. Wir nutzen das als Vorteil«, beharrte Tristan.

»Welchen Vorteil?« Der Polizeidirektor stöhnte, als würde er eine tonnenschwere Last anheben.

»Wir können weiter Fragen stellen und vorsichtig in andere Richtungen ermitteln«, antwortete der Detektiv. »Zum Beispiel, wie Robbie oder andere von Eddas Krankheit erfahren haben könnten.«

Sie beschlossen, vorläufig nichts an der Festnahme zu ändern.

»Wir sollten Robbie aber nicht in der Kaffeestube unterbringen«, sagte Tristan. »Das könnte uns bei der Arbeit stören, wenn er zu viel mitbekommt.«

»In Ordnung«, nickte Flender. »Ich schicke Pfeiffer, Holzbaum und Robbie zurück ins Waldlandhaus.«

Sie gingen zurück in die Kaffeestube.

7

Etwas früher hatten Bea und Viktor die Wohnung betreten, dabei stellten sie fest, dass die Scharniere der Wohnungstür quietschten.

»Lass die Tür offen«, hatte Bea vorgeschlagen, die auf keinen Fall ihre Schwiegermutter wecken wollte.

Wie zwei Diebe waren sie zum Schlafzimmer geschlichen, in dem Edda ruhig vor sich hin atmete und schlief.

Das Ehepaar hatte sich leise in die Küche zurückgezogen.

»Gibt es hier was zu trinken?« fragte Viktor und öffnete den Kühlschrank. Er war leer.

»Ich denke nur Kaffee«, antwortete Bea und deutete auf gebrauchte Kaffeetassen sowie eine Kaffeekanne, die noch halb gefüllt war. »Die Wirtin scheint Getränke hochgebracht zu haben.«

Viktor setzte sich und sah seiner Frau in die Augen. Er wollte gerade etwas sagen, als sie durch das Treppenhaus Stimmen hörten.

Es waren die von Tristan und Flender. Die beiden waren gut zu verstehen. Das Ehepaar blieb ruhig in der Küche sitzen und hörte den Männern zu. Als deren Gespräch verstummte und es sich anhörte, als habe jemand die Verbindungstür zur Kaffeestube geschlossen, sagte Viktor: »Das gibt es doch nicht! Sie verdächtigen mich!«

»Momentan wohl mehr Benno und Robbie«, korrigierte Bea ihren Mann. »Hast du denn etwas zu verheimlichen? Ich meine, eben unten hast du ausgesehen, als wäre dir ein Geist begegnet.«

Viktor nickte.

»So etwas Ähnliches«, sagte er. »Diese Figur erinnerte mich an eine Statue, die Nils in seinem Büro stehen hat. Sie ist etwas kleiner, aber sie könnte vom gleichen Künstler stammen.«

»Weshalb hat dich das so erschreckt?« wunderte sich Bea.

»Weil ich meine, dass ich die gleiche Eulen-Statue woanders schon mal gesehen habe. Ich kann mich nicht erinnern, wo«, seufzte Viktor. »Aber das ist nicht so wichtig. Was Flender und dieser Irle jetzt vorhaben, das beunruhigt mich wirklich.«

Bea musterte ihren Mann. Viktor wirkte übermüdet. Seine Augen lagen in dunklen Augenhöhlen und blickten sie an, als wäre sie gar nicht da. Es war ein Blick, an dem man schlechte Schauspieler erkennt, die versuchten, entrückt in die Ferne zu schauen und dabei aussahen, als habe man ihnen in die Geschlechtsteile geschlagen. Für Bea stand fest, dass ihr Mann an etwas dachte, das nicht in der Küche der Ferienwohnung zu finden war.

»Hat es etwas mit dem Grundstück zu tun, das in der Friedrichstraße liegt?« fragte sie langsam.

»Was?!« Viktor schreckte aus seinen Gedanken auf.

»Machst du dir Sorgen wegen des Grundstücks in der Friedrichstraße?« wiederholte sie.

»Ja, ein wenig«, nickte Viktor. »Wenn wir zu früh mit unserem Projekt an die Öffentlichkeit gehen, dann könnte alles scheitern. Du weißt doch, wie die Menschen reagieren, wenn es um eine Veränderung ihres Status quo geht.«

»Die Polizei wird Fragen stellen«, gab Bea zu bedenken. »Sie werden wissen wollen, warum ich das Grundstück jetzt nicht mehr an die Uni verkaufen will, wo doch Nils es zugesagt hat.«

»Wir müssen argumentieren, dass dein Bruder ohne deine Zustimmung niemals das Grundstück hätte verkaufen können«, schlug Viktor vor.

»Das wäre gelogen, das weißt du«, antwortete Bea empört.

»Ich weiß das schon, aber die nicht«, lächelte Viktor teuflisch und müde.

»Mir ist nicht wohl dabei«, meinte Bea. »Das könnte Wasser auf die Mühlen der Polizei sein. Sie verdächtigen schließlich auch dich.«

»Robbies Motiv ist doch eindeutig besser – und vergiss Benno nicht! Übrigens, seit wann hat der was mit Joline?« wunderte sich Viktor.

»Oh, das geht schon eine Weile so, sie haben versucht es geheimzuhalten«, antwortete Bea und sah dann ihrem Mann lange in die Augen. »Verzeih mir, aber du warst eben wirklich eine ganze Weile verschwunden. Du hast Nils nicht umgebracht?«

Der Unternehmer blickte verletzt zu seiner Frau. »Das glaubst du doch nicht wirklich!«

»Nein, nein«, sagte Bea hastig, aber eine Antwort auf ihre Frage war das nicht.

»Hallo, ist da jemand?« rief plötzlich eine schwache Stimme.

»Mama ist wach«, sagte Viktor und stand auf. »Bea und dein Sohn sind hier«, rief er und verschwand ins Schlafzimmer.

5. Die plötzliche Stille …

Morgendämmerung

Die plötzliche Stille legte sich bedrohlich auf das Rothaargebirge. Waren eine halbe Stunde zuvor das Fauchen des Windes und das Ächzen der Bäume das natürliche Hintergrundgeräusch, hörte man nun jeden einzelnen Schritt, der den Schnee knirschen ließ. Polizeidirektor Flender schlich wie ein Dieb zu Pfeiffers Dienstauto. Da in dieser gottverlassenen Gegend mit einem Autoeinbruch nicht zu rechnen war, hoffte der Polizist, dass der Dienstwagen offen stand.

Die Heimlichtuerei kostete den Polizeidirektor Überwindung, doch wollte er keineswegs die Ermittlungen vermasseln. Irle hatte mit seinen Bemerkungen recht. Solange sie Robbie als Hauptverdächtigen festhielten, würde sich ein möglicher anderer Täter in Sicherheit wiegen und die Füße still halten.

Ohne von jemandem bemerkt zu werden, erreichte er den zivilen Dienstwagen. Die Fahrertür war wie vermutet nicht verschlossen und Flender stieg schnell ein. Es war schon eine Weile her, dass er zum Mikrofon eines Autofunkgerätes gegriffen hatte. Doch die Bewegung ging einem in Fleisch und Blut über und so erinnerte er sich, kaum dass er auf dem Fahrersitz Platz genommen hatte, wo das Mikrofon hing. Allerdings hatte sich die Technik in den letzten zwei

Jahrzehnten stark verändert. Während der Polizeidirektor noch mit Funkgeräten gearbeitet hatte, die altmodische Transformatoren innehatten, waren die neumodischen Digital-Funkgeräte so etwas wie die Smartphones gegenüber einem alten Nokia-Klapptelefon. Flender benötigte einen Moment, bis er den Schalter fand, der das Funkgerät aktivierte. Zum Glück war die richtige Frequenz eingestellt und so begann er zu funken: »Wieland an Zentrale!«

Es meldete sich niemand.

»Wieland an Zentrale!« knurrte er erneut in das Mikrofon.

Wieder keine Meldung.

»Herr Gott, wacht auf! Hier spricht Flender! Meldet euch!« Das hätte Flender auch ohne Technik ins Tal brüllen können und man hätte ihn auf der Staumauer der Obernautalsperre verstanden.

»Wieland, Zentrale«, murmelte eine verärgerte Männerstimme. »Wer will mich hier verarschen?«

»Niemand!« bellte Flender, »hier spricht der Polizeidirektor! Wie ist Ihr Name!«

Man konnte hören, wie das verschlafene Bewusstsein des Polizisten langsam aufwachte. Er begann leise zu atmen und je mehr sein eingeschlafenes Gehirn realisierte, wer da am Funkgerät saß, desto lauter wurden die Atemzüge. Er nannte seinen Namen.

»Also Becker, hören Sie jetzt genau zu«, begann Flender zu befehlen. »Holen Sie mir Arne

Affolderbach ans Mikrofon, und zwar sofort! Sie müssten ihn im Bereitschaftsraum finden!«

Flender konnte sich gut vorstellen, wie der überrumpelte Becker anfing, im hauseigenen Telefonverzeichnis zu blättern, um die Nummer für das Telefon im Bereitschaftsraum zu finden. Flender saß im Auto und wartete. Langsam zog die Kälte in seine Füße. Schließlich meldete sich Arne Affolderbach.

»Wieland Zentrale an Flender«, hörte er aus dem Lautsprecher. Eine jugendliche Stimme, die wie die Sehne eines gespannten Flitzebogens vibrierte.

»Ja, hier Flender«, antwortete der Direktor. »Affolderbach, sind Sie das?«

»Ja, Direktor, was kann ich für Sie tun?« Affolderbach sprach langsam und betonte die Silben, als wolle er eine Radioansprache halten.

»Hören Sie jetzt genau zu, wir brauchen Ihre Hilfe. Hier oben im Forsthaus Hohenroth sind alle Telefone und Internetverbindungen ausgefallen«, erklärte Flender. »Deshalb müssen Sie sich für uns über innerstädtische Bauprojekte, die in einem Zusammenhang mit Viktor Deichmann stehen, informieren.«

»Schreibt man Deichmann, wie man es spricht?« fragte Affolderbach nach. »Deich, nicht Teich?«

»Deich, wie Deichmann«, antwortete Flender. »Außerdem überprüfen Sie bitte Benno Weigel und sein Projekt.« Er beschrieb dem jungen Kommissar, was Benno vorhatte. Zum Schluss sagte er: »Gehen Sie das Internet durch, wir vermuten, dass in den Sozialen Medien am meisten zu finden sein wird, besonders was die Deichmanns vorhaben.«

»Darf ich fragen, ob bei Ihnen alles in Ordnung ist?« wagte Affolderbach zu fragen.

»Ja, das dürfen Sie«, antwortete Flender ohne die Frage zu beantworten und fügte an: »Ich erwarte in einer Dreiviertelstunde Ergebnisse. Ich melde mich, funken Sie niemanden an, verstanden!«

»Verstanden«, antwortete Affolderbach. »Bis in einer Dreiviertelstunde.«

Flender schaltete das Funkgerät aus und verließ den Wagen. Er beeilte sich, ins Warme zu gelangen. Pfeiffer, Holzbaum sowie Robbie samt Vater Hermann hatten auf Befehl von Flender die Kaffeestube verlassen. Zurück blieben die Chauffeure, Tristan, Helga, Erich und Anne. Der Detektiv kümmerte sich um sein Haustier, während Erich aus Langeweile Anne in der Küche half. Helga hatte sich zu Tristan gesetzt. Als Flender zurückkam, murmelte er: »Die Dinge sind in Bewegung.«

»Gut, dann müssen wir jetzt abwarten«, nickte Tristan.

»Ich gehe rüber«, stöhnte Flender. »Sehe mal nach Pfeiffer und Holzbaum. In einer Dreiviertelstunde soll Affolderbach die ersten Ergebnisse haben, dann werde ich mich nochmals bei ihm melden.«

»Wollen wir hoffen, dass bis dahin nicht noch jemand umkommt«, bemerkte Helga.

»Malen Sie den Teufel nicht an die Wand«, zischte Flender verärgert. »Es reicht, wenn wir eine Leiche haben.«

»Jetzt müssen wir nur noch den Mörder finden«, seufzte Tristan. »Der Sturm hat nachgelassen, es wird nicht mehr lange dauern, dann wird einer auf die Idee kommen, den Ort verlassen zu wollen. Die Chauffeure werden sich freuen.«

Flender nickte und blickte zu ihnen. Die Männer lümmelten um ihren Tisch. Das Trinken hatten sie schon lange eingestellt, was ihre Stimmung nicht verbesserte. Die Jacketts hingen über Stuhllehnen und die Krawatten saßen locker um aufgeknöpfte Hemdkragen. Einige dösten auf zusammengeschobenen Stühlen. Insgesamt machten die Männer einen erbärmlichen Eindruck.

»Ich habe eine Idee«, sagte Flender und stand auf. Mit einem Lächeln, das einem gerissenen Schurken alle Ehre gemacht hätte, ging er an den Tisch der Chauffeure. »Meine Herren, ich lade Sie ein, rüber in das Waldlandhaus zu kommen und an der Bar Platz zu nehmen.«

Die Worte „Bar“ und „Einladung“ wirkten wie die beiden Elektroden eines Defibrillators. Die Augen wurden aufgerissen, abgeschlaffte Muskeln spannten sich und aus dem Trauerhaufen wurden aufrecht sitzende Männer.

»Was hat er vor?« fragte Helga, die die Verwandlung beobachtete.

»Ich vermute, er will sie fahruntüchtig machen«, lächelte Tristan. »Das hätte ich dem Kerl gar nicht zugetraut. Ein brillanter Zug.«

2

Während Flender in Pfeiffers Dienstwagen nach Siegen funkte, schenkte Viktor seiner Mutter ein Glas Wasser aus einer Flasche ein, die auf dem Nachttisch stand. Bea saß auf der Bettkante und musterte ihre Schwiegermutter.

»Was schaust du so kritisch?« bemerkte Edda. »Mir geht es gut. Ich denke, dass ich wieder rübergehen werde.«

»Lass das mal noch sein«, mahnte Viktor, der das Wasserglas seiner Mutter reichte.

»So, warum? Hat es einen zweiten Mord gegeben?« Sie nippte an dem Glas.

»Nein, noch nicht«, antwortete Bea. »Aber sie haben Robbie verhaftet.«

»Doch nicht etwa, weil Nils die Geschäftsführung übernehmen sollte?« Edda schüttelte ihren Kopf.

»Das soll das Motiv sein«, stöhnte Viktor, der sich vorsichtig neben seiner Frau auf die Bettkante setzte. »Wir haben ein Gespräch zwischen Flender und dem Detektiv belauschen können.«

»Wilhelm!« stöhnte Edda.

»Ja, aber der Polizeidirektor hat die Ermittlungen weitestgehend seinen beiden Kommissaren überlassen«, erklärte Viktor. »Die Kommissare haben Spuren und Beweise gefunden, die Robbie belasten.«

»Was denn für Spuren? Doch nicht im Schnee! Das wäre wirklich albern!« Sie stellte das Wasserglas ab.

»Ein Polizist wurde angegriffen«, ergänzte Bea. »Die Beamten gehen davon aus, dass dies Robbie war.«

»Benno wird ebenfalls verdächtigt«, sagte Viktor.

»Das wird ja immer doller«, stöhnte Edda. »Was soll Benno denn für ein Motiv haben?«

»Ich vermute sein Projekt«, seufzte Viktor.

»Du meinst das mit dem Rückhaltebecken zur Bewässerung des Waldes«, antwortete Edda.

»Ja, er hat versucht, bei Nils Geld locker zu machen«, sagte Viktor.

»Was er sicherlich nicht bekommen hat«, bemerkte Bea.

»Ganz sicher nicht«, nickte Edda. »Dein Bruder war nicht der Typ, um Visionen zu erkennen.«

»Wir haben ebenfalls keinen Cent genehmigt«, fügte Viktor an.

»Was ich immer noch für eine große Dummheit halte«, schnaufte Edda und schob die Bettdecke zur Seite. »Wenn ihr so freundlich wärt?«

»Oh, ja natürlich«, das Ehepaar stand gleichzeitig auf.

»Danke«, nuschelte Edda und verließ das Bett. Sie richtete ihr Kleid, das ein paar Falten bekommen hatte. »Bea, sei so nett und sieh mal, ob das Kleid hinten noch richtig sitzt.«

Bea richtete die Schultern des Kleides und zupfte an der Taille den Stoff zurecht.

»So, jetzt sitzt es wieder perfekt«, lächelte die Schwiegertochter.

»Was haltet ihr von diesem Privatdetektiv?« fragte sie so gewollt unauffällig, dass es schon wieder verdächtig wirkte.

»Wie meinst du das?« staunte Viktor und wandte die Taktik der Gegenfrage an.

»Junge, wenn du nicht antworten willst, dann sag das und stell mir keine Gegenfrage«, stöhnte Edda. »Diesen Trick habe ich schon angewandt, da warst du noch nicht geboren.«

»In Ordnung, Mutter«, erwiderte Viktor kleinlaut und ergänzte: »Er hält sich zurück.«

»Er klär das genauer!« Seine Mutter blickte ihrem Sohn direkt in die Augen.

»Er weiß mehr, als er uns preisgeben will«, erklärte Viktor. »Außerdem scheint es so, als ließe er die Kommissare machen, obwohl er nicht unbedingt deren Meinung vertritt.«

»Schlau«, nickte Edda. »Er geht Wilhelm aus dem Weg, ohne dabei Platz zu machen«.

»Geht das überhaupt«, warf Bea ein.

»Sicher!« Edda zog sich die Schuhe an. »Ist er hier im Forsthaus?«

»Eben war er unten in der Kaffeestube«, antwortete Viktor.

»Gut, mit dem Mann werde ich noch reden«, entschied Edda, »aber zuerst holst du Benno hierher.«

»Was willst du von ihm?« wunderte sich Viktor.

»Frag nicht, mach dich auf den Weg!« befahl ihm seine Mutter. »Und Viktor, versuche, unauffällig rüberzukommen. Wir warten hier.«

Bea sah ihren Mann an, der resigniert mit den Schultern zuckte und die Ferienwohnung verließ.

3

Plötzlich wurde es in der Kaffeestube ganz still. Das Murmeln von müden Männern als Hintergrundgeräusch verschwand genauso wie das Geschirrklappern aus der Küche. Tristan, Helga und Erich waren für den Moment allein in dem Café. Marlowe saß unbeirrt auf Tristans Schulter und verhielt sich ruhig.

»Flenders Plan funktioniert«, grinste Erich. »Die Männer sind fort.«

»Anne serviert nochmals eine Nachtsuppe. Sie hat ihre Leute mitgenommen«, sagte Helga müde. »Zum Glück hat der Sturm nachgelassen.«

»Tristan, was hast du jetzt vor?« fragte Erich, der sich immer noch langweilte.

»Wir müssen abwarten, was Affolderbach herausbekommt«, antwortete der Detektiv. »Viele Möglichkeiten haben wir nicht mehr.«

»Meinst du wirklich, dass einer eurer Verdächtigen ein Mörder ist?« wunderte sich Helga. »Ich meine, ist das nicht zu offensichtlich?«

»Die beiden haben ein Motiv«, entgegnete Tristan, »auch wenn es schwach ist.«

»Hast du dir schon mal überlegt, ob das nicht eine Frau war«, sagte Erich laut. »Der ganze Aufwand mit dem Vergiften. Das schreit doch förmlich nach einem weiblichen Täter. Allerdings spricht das Attentat auf Holzbaum wieder für einen Mann.«

»Erich, das kannst auch nur du sagen«, schnaufte Helga, »als ob wir Frauen nicht auch kräftig zuschlagen könnten! So eine Schaufel dem lahmen Holzbaum überzuziehen, das bekomme ich sicher noch hin.«

»Jetzt streitet euch nicht«, mahnte Tristan, »aber bei einer Sache hast du recht, Erich. Es bedurfte eines gewissen Aufwands, um Nils Nolte zu betäuben. Der Mörder ... oder die Mörderin ... musste wissen, wo er GHB erhalten würde. Wer wusste also davon? Diese Frage stellen wir uns schon den ganzen Abend.«

»Und, was habt ihr bis jetzt herausbekommen?« hakte Helga nach.

»Jeder, der mit den Deichmanns zu tun hat, könnte davon wissen«, stöhnte Tristan. »Also die Hälfte der Menschen drüben im Waldlandhaus.«

»Du sprichst jetzt ausschließlich darüber, dass die Gäste etwas von Edda Deichmanns Krankheit erfahren haben, richtig?« Erich sah seinen langjährigen Freund skeptisch an. »Deine Folgerung, dass jemand, der von der Krankheit weiß, auch gleichzeitig etwas von dem Medikament und seiner Wirkung versteht, wäre nämlich falsch.«

Tristan zuckte zusammen, als hätte ihn ein Blitz getroffen.

»Mensch, Erich, das haben Flender und ich immer gleichgesetzt«, sagte Tristan nachdenklich. »Aber du hast recht, das ist eine irreführende Annahme. Man kann von der Krankheit gehört haben, muss aber deshalb nicht wissen, wie man sie behandelt.«

»Ich wüsste es nicht. Schließlich ist Narkolepsie kein Schnupfen«, warf Helga ein.

»Außerdem ist Edda erst seit Kurzem erkrankt. Der Kreis derjenigen, die sich mit der Krankheit und deren Behandlung auskennen, dürfte klein sein.«

Sie sahen sich einen Augenblick schweigend an.

Das nutzte Marlowe und brabbelte: »Mal trumpft man auf, mal hält man stille, / mal muss man kalt sein wie ein Lurch, / des Menschen Leben gleicht der Brille: / man macht viel durch.«

Die drei glotzten den Kakadu an und lachten laut auf. Nachdem sie sich beruhigt hatten, stand Helga auf, um zur Küche zu gehen. Auf halbem Wege blieb sie stehen.

»Tristan, da fällt mir ein, dass Coco etwas entdeckt hat.« Sie kam zurück und setzte sich an den Tisch. »Als Coco zusammen mit mir Edda etwas zu trinken und essen hoch in die Ferienwohnung brachte, da hat Coco das Medikament entdeckt.«

»Helga, das wissen wir doch schon«, stöhnte der Detektiv.

»Jetzt warte mal«, zischte Helga, »was du noch nicht weißt, ist, dass Coco beobachtet hat, dass Edda ein „geschlossenes" Fläschchen in der Ferienwohnung geöffnet hat. – Verstehst du, geschlossen! Da hat niemand etwas abgezwackt!«

»Was?« Tristan schüttelte den Kopf. »Wenn das wahr ist, dann muss es noch ein zweites Fläschchen geben.«

»Und jemand muss sehr genau wissen, was das Zeug anrichten kann«, bemerkte Erich. »Und, wo er es herbekommt.«

»Was, wenn er es von Edda gestohlen hat?« überlegte Tristan.

»Aber Edda würde das doch sicherlich bemerken, wenn ihre Arznei plötzlich verschwindet. Ich kann mir gut vorstellen, dass das Zeug teuer sein wird«, ergänzte Helga.

»Das bedeutet, dass jemand ganz nah an Edda herankommen kann ohne einen Verdacht zu schüren«, murmelte Tristan.

»Das dürften ihr Mann, ihre Schwiegertochter und ihr Sohn Viktor sein«, stellte Erich trocken fest und fügte hinzu: »Gut, dass Flender Viktor überprüfen lässt!«

4

Als hätte man ihn beim Namen herbeigerufen, platzte in diesem Moment der Polizeidirektor zurück in die Kaffeestube.

»Mensch, Tristan, du glaubst nicht, was Affolderbach herausgefunden hat«, rief er in den Raum. »Ich brauche was zu trinken.«

»Das war aber keine Dreiviertelstunde«, bemerkte Erich.

Tristan zog die Augenbrauen nach oben. »Muss nicht so kompliziert gewesen sein.«

Flender lief zur Theke und suchte eine Bedienung.

»Wir sind allein hier«, sagte Helga und stand auf. »Was wollen Sie denn?«

»Etwas Starkes«, schnaufte der Polizeidirektor.

»So schlimm?« wunderte sich Tristan und bat Flender Platz zu nehmen. »Setz dich, Helga bringt uns was.«

»Na gut«, nickte der breitschultrige Mann und ließ sich auf den Stuhl fallen, den zuvor Helga besetzt hatte.

Marlowe gefiel das nicht. Er flatterte zwei Mal mit den Flügeln und krächzte: »Die Drossel amselt, / und es finkt der Star: »Ade, auf Wiedersehn / im nächsten Jahr!«

»He, was ist los, du wirst ja richtig gesprächig«, meinte Erich und kraulte den Kakadu an der Brust.

»Das ist nicht nett«, brummte unterdessen Flender. »Ich habe wirklich Neuigkeiten!«

»Na, dann raus damit«, sagte Tristan, während Helga eine Flasche Schnaps auf den Tisch stellte und die passenden Gläschen verteilte.

»Also, Affolderbach hat herausgefunden, dass Viktor Deichmann an einem Sozialprojekt arbeitet. Er plant, mehr Wohnraum für benachteiligte Familien zu schaffen. Alleinerziehende und sozial abgehängte Familien sollen mitten in der Stadt günstigen Wohnraum erhalten. Kernstück des Projektes ist die Friedrichstraße.«

»Die liegt doch in dem Bereich, den die Uni für ihren *Campus Unteres Schloss Nord* beansprucht«, warf Tristan ein.

»Richtig«, nickte Flender. »Aber den Deichmanns gehören dort schon einige Gebäude und jetzt, da Nils Nolte tot ist, kommt das Gebäude dazu, das Nils dem Kanzler verkaufen wollte.«

»Ich nehme mal an, das ist so etwas wie ein Schlüsselgebäude?« murmelte Erich. »Warum sonst macht man so ein *Gedää* darum?«

»Völlig richtig«, nickte Flender so heftig, dass Tristan einen Augenblick um Flenders Genick bangte. »Das betreffende Gebäude bildet das Verbindungsstück! Es liegt genau zwischen den Gebäuden, die Viktor Deichmann gehören.«

»Also, wenn Nils das Gebäude der Uni verkauft hätte ...«, murmelte Tristan.

»... dann hätte er sein Projekt begraben können«, beendete Flender den Satz.

Helga begann Schnaps auszuschenken und fragte: »Glaubt ihr wirklich, dass jemand, der sich für sozial Schwache einsetzt, einen Mord begeht?«

»Nein«, antwortete Flender in seiner typisch selbstbewussten Art, die darauf schließen ließ, dass er sich im Moment als überlegen im Raum sah. »Was ich bis jetzt noch nicht erwähnt habe, Viktor hat eine Partnerin.«

»Eine Partnerin?« Tristan runzelte die Stirn. »Coco Müller!«

»Mensch, Tristan, musst du mir immer die Pointe klauen«, stöhnte der Polizeidirektor.

Helga sah ihren Freund verdutzt an.

»Das war nicht wirklich schwierig zu erraten«, erklärte der Detektiv. »Coco ist Sozialarbeiterin, sie ist eng mit Bea befreundet und hatte deshalb den richtigen Kontakt zu Viktor.«

»Völlig korrekt«, sagte Flender.

»Aber …?« unterbrach Tristan und fragte entsetzt: »Du verdächtigst doch jetzt nicht sie?«

»Und ob! Rate mal, wer das Projekt leiten soll? Coco Müller!« Flender nahm das Schnapsglas und kippte den Inhalt hinunter. »Sie wird so was wie eine Geschäftsführerin mit einem ordentlichen Gehalt.«

»Woher soll das Affolderbach denn herausbekommen haben?« warf Erich ein. »Öffentlich ist das noch nicht besprochen worden.«

»Diakon, das ist richtig, aber unser Affolderbach hat die Sozialen Medien durchforstet und ich muss sagen, seit es dieses „Fatzebuch“ gibt, wird uns Polizisten die Recherchearbeit deutlich erleichtert.«

Tristan wollte einwerfen, dass Flender schon seit Jahren keine Recherche mehr betrieben hatte, doch da der Polizeidirektor so richtig in Fahrt war, ließ er es.

»Auf dieser Selbstdarstellerplattform wurde in verschiedenen Gruppen über das Projekt diskutiert«, führte Flender weiter aus. »Affolderbach meinte, dass man das so macht, um vorzufühlen, wie die Idee ankommt. Verrückt, was!«

»Die Idee muss ja gut angekommen sein, wenn Viktor das Projekt weiterverfolgt«, meinte Erich.

»Wir schweifen ab«, mahnte Tristan. »Coco soll also deiner Meinung nach ein Motiv haben?«

»Und was für eins«, nickte Flender erneut so hastig, dass die Halswirbelknochen richtig arbeiten mussten.

»Dann halte uns jetzt nicht länger hin«, schnaufte Tristan verärgert. »Was ist das Motiv?«

»Sie steht kurz vor dem Nichts«, antwortete Flender langsam. »Die süße Coco hat ein Verfahren wegen Körperverletzung am Hals. Sie soll mit Drogen handeln und wird wohl demnächst ihren Job loswerden. Wenn du mich fragst, das nette Auftreten ist nur Fassade.«

Das waren in der Tat beunruhigende Neuigkeiten, die eine neue Wendung in die Ermittlungen brachte.

5

Von dieser Wendung bekamen Edda, Bea, Viktor und der hinzugeholte Benno nichts mit. Viktor war schnell zum Waldlandhaus gelaufen und hatte Benno unter den Augen von Holzbaum und Pfeiffer ins Forsthaus gebeten. Dort angekommen brachte Benno die drei auf den aktuellen Stand. Für Edda war die Entwicklung schlimmer als vermutet. Sie fragte: »Wie geht es Robbie?«

»Er versteht die Welt nicht mehr«, antwortete Benno. »Er sitzt mit Handschellen in einer Ecke des Festsaals.«

»Jetzt erzähl mir genau, was da draußen vorgefallen ist«, befahl Edda.

»Wir haben uns von der Festgesellschaft abgesetzt«, begann Benno, »Joline hielt es nicht mehr aus, und da schlug ich ihr vor, rüber in die Werkstatt zu gehen.«

»Und Robbie, wie kam er dazu, euch zu begleiten?« hakte Edda nach.

»Er wollte nicht auf die neue Aufgabe als Geschäftsführer angesprochen werden«, antwortete Benno, »und ich sah eine Möglichkeit, ihn auf mein Projekt aufmerksam zu machen.«

»Du wolltest ihn um Geld bitten, kurz nachdem Nils das Zeitliche gesegnet hat«, empörte sich Edda. »Das war keine gute Idee.«

»Ja, das habe ich an seiner Reaktion dann auch festgestellt«, sagte Benno beschämt.

»Aber war es ihm möglich, den Polizisten anzugreifen?« mischte sich Viktor ein.

»Wir mussten uns den Weg zur Werkstatt freischaufeln«, erklärte Benno.

»Dazu brauchtet ihr Schaufeln oder Schneeschieber«, warf Bea ein.

»Ja, die fanden wir auch«, nickte Benno.

»Schaufeln oder Schneeschieber?« Edda zog die Augenbrauen nach oben.

»Schaufeln«, antwortete Benno. »Eine stand gleich an der Ecke des Waldlandhauses und die zweite hat Robbie beim Forsthaus gefunden.«

»Hast du ihn aus den Augen verloren?« Edda fragte leise, aber mit eindringlicher Stimme.

»Ja, wir waren so zehn bis fünfzehn Minuten getrennt.« Benno fühlte sich nicht gut. »Er hätte Zeit genug gehabt, diesem Holzbaum eine drüber zu ziehen.«

»Das ist nicht gut«, murmelte Edda. »Du sagtest, sie hätten Robbies Schal am Tatort gefunden.«

»Ja, der Hauptkommissar Pfeiffer fand ihn zusammen mit seinem Partner vor dem eingeschlagenen Fenster«, bestätigte Benno.

»Und das Motiv soll Eifersucht sein«, fasste Edda zusammen.

»Ja, man wirft ihm vor, Nils Nolte getötet zu haben, weil sein Vater Nils Nolte als Geschäftsführer einsetzen wollte statt seines eigenen Sohns«, erklärte der Forstwissenschaftler.

»Da sieht man mal wieder, dass keiner diesen Jungen richtig kennt«, schnaufte Edda und stand auf.

»Aber du kennst ihn?« wunderte sich Viktor.

»Ja, anscheinend besser als alle anderen«, zischte Edda. »Lass uns runter zu dem Detektiv gehen.«

Die kleine Gruppe begab sich die enge Treppe hinunter in die Kaffeestube. Dort traf sie auf Flender, Erich, Helga und Tristan. Die vier sahen niedergeschlagen auf, als die anderen vier durch den Hintereingang die Kaffeestube betraten.

»Edda!« wunderte sich Flender und fragte besorgt: »Geht es dir gut? Was machst du hier?«

»Ich räume deinen Mist auf«, entgegnete sie mit einem Unterton, der Flender jedes Widerwort im Hals verrecken ließ. Dann wandte sich Edda an Tristan: »Sie müssen Tristan Irle sein.«

»Ja, Frau Deichmann«, antwortete der Detektiv. »Das sind meine Freundin Helga Bottenberg und Diakon Erich Roth.«

»Angenehm, Sie kennenzulernen«, lächelte die Unternehmerfrau. »Und der weiße Kakadu dürfte dann Marlowe sein. Von dem habe ich gehört.«

»Korrekt«, sagte Tristan und warnte: »Er ist etwas verstimmt, deshalb bleiben Sie bitte auf Abstand.«

»Kein Problem«, lächelte sie freundlich. »Der Schnabel sieht aus, als ob er wehtun könnte.«

»Er tut es«, bestätigte Erich.

»Möchten Sie was trinken?« fragte Helga.

»Nein, danke«, antwortete Edda und wandte sich an Flender und Tristan. »Wir haben was zu klären.«

Der Detektiv spürte, wie sich die Härchen im Nacken aufrichteten. So ein Gefühl hatte er zuletzt bekommen, als ihn seine Grundschullehrerin bei einem üblen Streich erwischt hatte.

»Lassen Sie uns da rübergehen«, befahl sie.

Die drei setzten sich von den anderen ab. Edda bemerkte die verdeckte Statue, lüpfte schnell das Tuch und las das Namensschild des Künstlers. Marlowe reagierte sofort und flatterte mit den Flügeln.

»Lassen Sie die Eule bitte bedeckt, sonst gibt es ein zweites Unglück«, mahnte der Detektiv.

Doch Edda hatte nicht vor, das Tuch gänzlich herunterzuziehen. Mit einem zufriedenen Gesichtsausdruck blieb sie vor der leeren Sitzecke stehen, die die Chauffeure benutzt hatten.

»Also, Edda, was willst du uns sagen«, begann Flender angespannt.

»Ihr habt den Falschen festgenommen«, begann sie. »Robbie hat Nils nicht umgebracht, noch hat er deinen Mitarbeiter angegriffen, Wilhelm.«

»Und was macht dich da so sicher?« knurrte der Polizeidirektor. »Wir haben Beweise.«

»Hast du das Schild an der Statue gelesen?« fragte sie.

»Nein«, antwortete Flender verwirrt.

»Ich schon, ein gewisser *De Jong* hat diese Eule geschaffen«, sagte Tristan.

»Richtig«, nickte Edda. »Und was ist euch an dem Namen aufgefallen?«

Tristan blickte irritiert zu der alten Dame.

»Was soll uns da aufgefallen sein?« hakte der Detektiv nach. »Der Name klingt holländisch.«

»Oh, jetzt enttäuschen Sie mich aber«, schnaufte Edda. »Sprechen Sie ihn laut aus und denken sie nicht kompliziert.«

»*De Jong*«, sprach Tristan und seine grauen Zellen reagierten nicht.

»*De Jong guckde uss dem Fiesder*«, sagte Edda und grinste.

»Siegerländer Platt?« wunderte sich Flender.

»Ja, *De Jong* ist ein Pseudonym«, erklärte Edda.

»Schön und gut«, knurrte der Polizist ungeduldig. »Was hat das mit unserem Fall zu tun?«

»Es pulverisiert euer Motiv, das ihr Robbie unterschiebt«, erklärte Edda.

Und bevor sie weitersprach, reagierten endlich Tristans graue Zellen und er wusste, wer hinter dem Pseudonym stand.

»Robbie Schungel ist *De Jong*«, platzte es aus Tristan heraus.

6

Flender verstand gar nichts. Als Tristan den Künstlernamen mit dem Festgenommenen verband, blieben die Gehirnzellen des Polizeidirektors so kalt wie der Südpol. Eingefroren wie der englische Polarforscher Robert Falcon Scott bewegte sich in Flenders Kopf gar nichts.

»Was hat das jetzt mit dem Fall zu tun?« schnaufte der Polizist erneut.

»Wilhelm, verstehst du das nicht?« seufzte Edda.

»Was soll ich verstehen«, erwiderte Flender.

Wie wäre es damit, Beweggründe zu erkennen, dachte Tristan, die man umgangssprachlich auch als Motiv bezeichnete. Er sagte aber: »Robbie Schungel hat sich einen Künstlernamen ausgewählt.«

»Das machen doch viele«, antwortete Flender. »Ich denke, damit wollen sie ihre Privatsphäre schützen.«

»Richtig, und wann muss man seine Privatsphäre schützen«, schnaufte Edda und gab gleich die Antwort, »wenn man bekannt wird oder ist.«

»Ja, das verstehe ich«, murrte Flender, »aber was hat das verdammt noch mal mit dem Verdächtigen zu tun.«

»Wilhelm, Robbie hat gar kein Interesse, die Geschäftsführung zu übernehmen«, platzte es aus Edda heraus. »Er verdient durch den Verkauf seiner Skulpturen genug!«

»Und woher willst du das wissen?« konterte der Polizeidirektor.

»Weil ich mich mit dem Jungen unterhalten habe«, antwortete Edda verärgert. »Was ihr ebenfalls hättet tun sollen.«

»Und warum sagt er das dann nicht«, zischte Flender. »Bis jetzt hat er keinen Ton über seine Kunst verloren!«

»Wilhelm, er will nicht, dass man seinen Familiennamen mit seiner Kunst verbindet!« Edda schüttelte den Kopf. »Du kennst doch seinen Vater. Außerdem steht der Name Schungel mehr für Bagger als für Kunst.«

Flender antwortete nichts, man sah aber an seinem Gesichtsausdruck, wie der Frühling das Eis in seinem Gehirn zum Tauen brachte. Alle Überlegungen, verdeckt weiter zu ermitteln, wurden hinfällig. Sie würden Robbie freilassen und von vorne anfangen.

»Das wirft jetzt eine andere Frage auf«, sagte Tristan nachdenklich. »Das wird ihnen nicht gefallen, Frau Deichmann.«

»So?! Was habt ihr denn jetzt noch ausgeheckt?« Sie sah den Detektiv angriffslustig an.

»Ich denke, das besprechen wir besser direkt mit Ihrem Sohn«, antwortete Tristan ruhig.

»Wilhelm, sag jetzt nicht, dass du auch noch Viktor verdächtigst!« Edda schüttelte den Kopf und ging in Richtung des Tisches, an dem die anderen warteten.

Bea, Viktor, Benno und Erich hatten versucht, etwas von dem Gespräch mitzubekommen, doch außer einem Gemurmel war nichts zu vernehmen gewesen. Helga war trotz Eddas Getränke-Ablehnung in die Küche gegangen und hatte dort eine volle Kaffeekanne und Tassen geholt.

Sie gesellte sich wieder zu den anderen, als die drei zurückkamen.

»Viktor, die Herren wollen ein Hühnchen mit dir rupfen«, sagte Edda laut. »Wahrscheinlich wirst du gleich verhaftet.«

»Ich dachte, Robbie sei der Verdächtige«, bemerkte Bea spitz.

»Nein, der ist aus dem Schneider«, schnaufte Edda und nahm neben Erich Platz.

»So?!« wunderte sich Viktor. »Was hat sich an der Beweislage geändert?«

Edda deutete auf die verhüllte Eulen-Statue. »Das hat sich verändert«, antwortete sie ihrem Sohn und half Helga die Tassen zu verteilen.

»Danke«, nickte Helga.

»Was hat es mit der Statue auf sich?« hakte Viktor nach. »So eine steht auch in Nils' Büro und bei Emil in der Praxis.«

»Sie stammt von Robbie«, erklärte Tristan. »Ihre Mutter wies uns darauf hin, dass Robbie gar kein Geschäftsführer werden will.«

»Was?!« Viktor schüttelte den Kopf.

»Jetzt verstehe ich auch, was Robbie mit den ganzen Baumstämmen wollte, die ich ihm besorgt habe«, warf Benno ein.

»Das ist doch nicht euer Ernst«, sagte Viktor ungläubig. »Was soll Robbie denn sonst machen, er hat BWL studiert, um die Firma zu übernehmen!«

»Er verkauft seine Kunst«, murmelte Flender gequält. Er hatte sich immer noch nicht an den

Gedanken gewöhnt, wieder ganz am Anfang zu stehen.

»Unter einem Pseudonym?« wunderte sich Bea. »*De Jong*?«

»Ja«, nickte Edda. »Und Viktor, unterschätze den Kunstmarkt nicht!« Es klang wie eine Warnung, die den jungen Geschäftsmann vor möglicher Überheblichkeit schützen sollte. »Wenn ich das richtig sehe, dann verdient er momentan mehr als du.«

»Was? Du scherzt!« sagte Viktor verärgert.

Edda schüttelte nur den Kopf, das ließ ihren Sohn verstummen.

»Wir werden das noch im Einzelnen klären«, sagte Tristan und sah Viktor an. »Jetzt hätten wir einige Fragen zu Ihrem Projekt in der Friedrichstraße.«

Viktor zuckte zusammen und fragte: »Was für ein Projekt?«

»Junge, wir wissen Bescheid«, knurrte Flender. »Du hast vor, das Viertel hinter der Sandstraße entlang der Friedrichstraße für den sozialen Wohnungsbau zu gewinnen.«

»Das ist noch gar nicht offiziell«, erwiderte Viktor überrascht. »Von wem habt ihr diese Informationen?«

»Das findet man im Internet«, antwortete Flender grimmig.

»Wir haben hier oben kein Internet«, entgegnete Bea.

»Ja, aber die Kollegen in der Kreispolizeibehörde schon«, erklärte Tristan.

»Habt ihr etwa Handyempfang?« wunderte sich Viktor.

»Nein, aber ein Funkgerät«, sagte Flender. »Ich habe jemanden recherchieren lassen und dabei ist herausgekommen, dass du eine Menge Gebäude besitzt, die genau in dem Bereich der Stadt liegen, wo die Uni gerne den *Campus Unteres Schloss Nord* ansiedeln will.«

»Ja«, nickte Viktor. »Aber weshalb macht mich das verdächtig?«

»Weil da mein Grundstück liegt«, antwortete Bea langsam. »Jetzt, wo Nils tot ist, wird es nicht an die Uni verkauft.«

»Richtig, Frau Deichmann, aber selbst der Polizeidirektor glaubt nicht daran, dass wegen eines Projektes Ihr Mann zu einem Mord bereit wäre«, erklärte Tristan freundlich.

»Und was soll dann das ganze Gerede hier!« empörte sich Viktor.

»Sie planen das nicht allein«, ergänzte Tristan.

»Ja, Coco Müller ist mit dabei«, nickte Viktor.

Tristan und Flender schwiegen.

»Nein, ihr denkt doch nicht, dass Coco …!« Bea schüttelte den Kopf. »Einen Mord, das könnte sie nie tun!«

7

Was ein Mensch tun kann oder nicht, hing in den meisten Fällen von der Situation ab, in der er sich befand. Flender entschied sich, mitsamt den

Deichmanns und Benno Weigel zurück in das Waldlandhaus zu gehen, um dort Coco ein paar Fragen zu stellen. Tristan, Helga und Erich blieben zurück im Forsthaus. Der Detektiv musste nachdenken.

Als die Gruppe um den Polizeidirektor ins Freie trat, roch die Luft nach Tannenzapfen. Es schneite nicht mehr und Viktor glaubte, ein paar Sterne gesehen zu haben, als sie den Hof hinter dem Forsthaus überquerten.

»Wo wart ihr denn?« rief Joline Jung Bea und Viktor zu. »Hier hat es neue Entwicklungen gegeben.«

Benno nickte der PR-Frau freundlich zu, während Alfons brummte: »Edda, solltest du nicht im Bett liegen?«

»Nein, alles gut«, wehrte sie ihren Mann ab. »Wilhelm, hast du nicht etwas zu erledigen?«

Der Polizeidirektor räusperte sich und rief: »Pfeiffer, nehmen Sie Herrn Schungel die Handschellen ab.«

»Was soll das?« rief Tyrion Haberland, der Uni-Kanzler. »Sie lassen einen Mörder laufen!«

»Erstens wissen wir nicht, ob er ein Mörder ist«, entgegnete Flender barsch, »und zweitens geht Sie das gar nichts an.«

»Was hat er?« flüsterte Alfons seiner Frau zu.

»Er hat sich geirrt«, antwortete Edda leise.

»Oh, ist das gut?« hakte Alfons nach.

»Nicht aus Sicht von Coco Müller.« Edda blickte zur Sozialarbeiterin.

»Was hat sie mit dem Ganzen zu tun?« wunderte sich Alfons.

Edda gab ihm einen kurzen Überblick, während Pfeiffer, nicht weniger verwirrt als die anderen, Robbie die Handschellen abnahm.

»Was ist hier los?« fragte Holzbaum seinen Partner Pfeiffer, als dieser Robbie die Handschellen abgenommen hatte.

»Keine Ahnung«, antwortete Pfeiffer. »Aber der große Häuptling wird einen Grund haben.«

Da war sich Holzbaum nicht sicher. »Wo ist Irle?« fragte er.

Die beiden Polizisten sahen sich um, fanden den Detektiv aber nicht.

»Hier stimmt doch was nicht«, murmelte Pfeiffer, dann rief Flender nach ihm.

Der Hauptkommissar und sein Partner gingen zu ihrem Chef.

»Hören Sie mal alle zu«, rief Flender laut. »Robbie Schungel ist weiter verdächtig, aber es bestehen Zweifel.«

»Mensch, Flender, was ist das für ein Affentheater!« motzte Hermann Schungel, der seinem Sohn den Arm über die Schulter legte. »Mein Sohn ist kein Mörder!«

»Lass es gut sein«, sagte Robbie laut genug, dass alle im Saal ihn verstehen konnten.

Flender wandte sich ab und ging zu Coco, im Schlepptau die beiden Kommissare.

»Frau Müller, wir müssen reden«, sagte er ruhig aber bestimmt.

Coco riss die Augen auf und fragte: »Gibt es ein Problem?«

»Sagen Sie es uns!« erwiderte Flender. »Was hat es mit der Anzeige wegen Körperverletzung auf sich?«

»Das kann ich erklären«, antwortete Coco hastig. »Ich wurde angegriffen und habe mich verteidigt.«

»Sie haben Ihren Job verloren«, sagte Flender, »ist das korrekt?«

»Nein, ich bin suspendiert worden, bis die Sache geklärt ist.« Coco ließ sich nicht einschüchtern und berichtete von einem Angriff, der im Frauenhaus stattfand, das von ihr betreut wurde. »Der Mann verfolgte seine Frau und wollte gewaltsam ins Haus eindringen, da habe ich ihm mit einem Baseballschläger einen drüber gezogen. Die Polizei kam, nahm den Mann mit und der Dreckskerl zeigte mich später an und behauptete, ich würde mit Drogen handeln. Das Polizeiprotokoll sollten Sie lesen.«

»Werden wir«, nickte Flender, dem langsam bewusst wurde, dass seine Motivsuche bei Coco ins Leere laufen konnte.

»Was sollte die Fragerei?« murmelte Pfeiffer. »Würden Sie uns mal auf den neuesten Stand bringen!«

»Natürlich«, antwortete Flender nachdenklich und zog sich zusammen mit Holzbaum und Pfeiffer zurück. Sie gingen bis zur Treppe. Von unten drangen laute Männerstimmen herauf.

Die Chauffeure hatten es sich mit Emil an der Bar gemütlich gemacht.

Flender blickte sich um, dann brachte er die Hauptkommissare auf den neuesten Stand.

8

Tristan sehnte sich nach einer Pfeife. Ihm fehlte das beruhigende Prozedere der Vorbereitung, das langsame Stopfen des Pfeifenkopfes. Der Tabakbeutel samt Pfeife, Pfeifenstopfer und Feuerzeug lagen in der Handschuhablage von Helgas Panda. Marlowe döste auf Tristans Schulter, während der Detektiv immer noch mit Erich und Helga am Tisch saß und Kaffee schlürfte.

»Was willst du jetzt unternehmen?« fragte der Diakon und die Frage drang wie eine glühende Stricknadel in Tristans Gehirn ein.

»Erich, ich weiß es nicht«, seufzte der Detektiv deprimiert. »Wir sind keinen Schritt vorangekommen.«

»Du glaubst nicht, dass Coco in Verbindung mit dem Mord steht?« hakte Helga nach.

»Nein, sie war die meiste Zeit bei den anderen«, antwortete Tristan.

»Woher willst du das wissen?« Helga sah ihren Freund herausfordernd an. »Keiner kann das wissen, denn niemand hat sich das aufgeschrieben.«

»Wir wissen eigentlich von keinem ganz genau, wann er wo war«, musste der Detektiv eingestehen.

»Hätte man das nicht als Erstes klären sollen«, wunderte sich Erich.

»Natürlich haben Pfeiffer und Holzbaum nach dem Mord an Nils Nolte nachgefragt, wo wer war«, antwortete Tristan. »Aber das Ergebnis ist kaum aufklärend. Man müsste das genauer feststellen.«

»Kann man«, meinte Erich, »sieh dir die Fotos an, die den ganzen Abend über gemacht wurden.«

»Was?!« Tristan blickte seinen langjährigen Freund verdutzt an.

»Na, hast du das nicht mitbekommen«, stöhnte Erich. »Jeder von denen, alt oder jung, hat entweder ein Selfie geschossen oder jemanden aufgenommen.«

»Ich kann doch nicht die ganzen Handys einsammeln und ihre Fotos durchsehen.« Tristan schüttelte den Kopf.

»Vielleicht brauchst du das gar nicht«, meinte Helga, »frag den DJ und Joline.«

»Wieso?« wunderte sich der Detektiv.

»Joline hat am Anfang von allem Fotos geschossen. Erst nachdem Nils tot aufgefunden wurde, hat sie das Fotografieren sein lassen, aber die Kamera hat sie dem DJ gegeben, der ab und zu die Menge abgelichtet hat.«

»Woher weißt du das?« Tristan sah seine Freundin überrascht an.

»Der DJ hat mich gebeten, ein paar Aufnahmen von der Bar zu schießen, als er sich am Büfett bediente.«

»Mit Jolines Kamera?« vergewisserte sich der Detektiv.

»Ja, mit einer richtigen Kamera, keinem Handy«, antwortete Helga.

»Ein Versuch wäre es wert, da mal nachzuschauen«, nickte Tristan. »Aber wenn da kein Zeitstempel auf den Bildern ist, dann …«

»Du vergisst, dass das alles digital ist«, erinnerte Erich seinen Freund. »Da werden die Dateien nacheinander abgespeichert und ganz sicher mit einem Zeitstempel versehen, selbst wenn der nicht ins Foto gedruckt wird, die Dateidaten beinhalten ihn ganz sicher.«

»Nur, nach wem müsste ich suchen?« fragte er.

»Nach dem Mörder«, antwortete Helga und stand auf.

»Ja, natürlich«, schnaufte Tristan, »das war auch metaphorisch gemeint. Wisst ihr was, ich gehe eine Pfeife rauchen.«

»Du hast deine Pfeife dabei?« Erich sah an Tristan herunter, als suche er den legendären Tabakbeutel, der sonst in Tristans Fachwerkhaus am Türbalken zur Küche hing.

»Im Auto«, erklärte Tristan. »Helga, hast du den Panda abgeschlossen?«

»Machst du Witze, wann sollte ich das gemacht haben«, grinste sie. »Du rauchst aber nicht im Auto!«

»Hatte ich nicht vor«, erwiderte der Detektiv und stand auf. »Ich bräuchte was zu schreiben, mein Block ist voll.«

Helga warf ihm einen Kellnerblock zu. »Reicht das?«

»Danke, ja«, antwortete Tristan. »Einen Kuli habe ich.«

Er verließ das Forsthaus und ging zu Helgas Panda. Der Tabakbeutel lag angefroren im Handschuhfach.

»Na klasse«, stöhnte der Detektiv, während Marlowe sich so klein wie möglich machte. »Dann müssen wir das hier erst mal auftauen lassen.«

Er verließ den Panda und sagte zu Marlowe: »Na, es wird Zeit, dass ich dich mal den anderen vorstelle.«

Der Kakadu reagierte nicht, er rückte näher an Tristans Kopf. Der Detektiv ging durch die ausgetretenen Schneepfade zum Waldlandhaus. Der Barkeeper Tomi glotzte unverhohlen, als die beiden das Haus betraten. Die Chauffeure kannten den weißen Kakadu schon und zuckten nur mit den Schultern, als Tomi sie auf Tristan aufmerksam machte.

»Da hat Flenders Plan ja funktioniert«, murmelte Tristan und ging zur Treppe.

Die Chauffeure waren nicht mehr in der Lage, ein Auto zu fahren, ohne eine Straftat zu begehen. Eine andere Reaktion erwartete die beiden, als sie den Festsaal betraten. Coco eilte sofort zu ihnen, während die anderen den „Piratenauftritt“ als Unterhaltung zu schätzen wussten. Es wäre perfekt gewesen, wenn Marlowe einen frechen Spruch losgelassen hätte, aber dem war es schlicht zu kalt geworden. So musste der Auftritt „Kakadu auf der Schulter“, eben als „Piratenauftritt“ reichen.

»Wo finde ich Joline?« fragte Tristan Coco.

»Sie ist hinten mit Emil in der Küche. Soll ich sie holen?«

»Ja, das wäre nett, aber bevor Sie gehen, hat Sie Flender verhört?«

Coco nickte und berichtete dem Detektiv das Gleiche, das sie den Polizisten mitgeteilt hatte.

»Danke für die Offenheit«, sagte Tristan.

»Ich hole jetzt Joline«, antwortete Coco.

»Gut«, erwiderte der Detektiv und ging zum DJ, der tapfer leise Hintergrundmusik spielte. Dort fragte er nach Jolines Kamera, die der DJ bereitwillig aushändigte. Tristan wunderte sich, dass weder Flender noch einer der Hauptkommissare auf ihn zukamen. Stattdessen führte Coco Joline zum Detektiv.

»Frau Jung«, begann Tristan und zeigte Joline die Kamera, »dürfte ich mir die Aufnahmen ansehen?«

Joline blickte auf die Kamera, dann zu Tristan und fragte: »Was wollen Sie damit anfangen?«

»Ich suche nach Hinweisen«, antwortete der Detektiv. »Sind noch andere Aufnahmen auf der Speicherkarte, die nicht zu der Feier gehören?«

»Nein, nur Aufnahmen von heute Abend«, erklärte sie. »Ich vergewissere mich nur, dass mein Chef nichts dagegen hat. Wäre das okay?«

»Natürlich«, nickte Tristan.

Joline eilte zu Alfons Deichmann und kam wenig später zurück.

»Sie können die Kamera nutzen, wie es Ihnen beliebt, sagt mein Chef.«

»Danke, das ist freundlich von Ihnen«, antwortete Tristan und nickte Alfons zu. »Dann verlasse ich Sie mal. Hätte jemand von Ihnen einen Vorschlag, wo man in Ruhe eine Pfeife rauchen könnte?«

6. Die Morgendämmerung setzte …

Samstag, Morgendämmerung

Die Morgendämmerung setzte ein. Ein feiner heller Streifen zeichnete sich am Horizont ab, als Tristan mit seinem Tabakbeutel, der Kamera und Marlowe auf der Schulter zur Werkstatt ging. Die Welt lag unter einer weißen Daunendecke, die skurrile Skulpturen schuf. Die klare Luft kündigte eine Eiseskälte an, die die Schneemassen nicht so schnell freigeben würde. Schneepflug und glatte Straßen würden das Chaos noch eine Weile aufrechterhalten.

»Ich muss mich beeilen«, murmelte der Detektiv und riss die Werkstatttür auf.

In der Werkstatt war es angenehm warm, was in diesem Fall eine kleine positive zweistellige Celsiusangabe bedeutete. Tristan trug seine dicke Strickjacke und Marlowe kam mit niedrigen Temperaturen klar, solange ihm das Federkleid nicht durchgepustet wurde. Wind war in der Werkstatt nicht zu erwarten, deshalb machte sich der Detektiv auch keine Sorgen, als Marlowe, kaum dass sie die Halle betreten hatten, einen Erkundungsflug startete.

Er selbst begab sich in die Ecke, wo Benno das Diorama aufgestellt hatte. Ein alter Holzstuhl und ein mit etlichen Macken versehener Holztisch standen gleich neben dem Schaubild. Er setzte sich, legte die Kamera und den Tabakbeutel auf die Tischplatte und friemelte zwei Kellnerblöcke aus der Strickjacke. Den beschriebenen Block strich er glatt, während er den unbeschriebenen neben den Kuli platzierte, den er aus der Hosentasche gefischt hatte.

Dann begann er langsam die Pfeife zu stopfen. Die Handgriffe wirkten wie ein Mantra. Während bei einem Mantra das Aussprechen der heiligen Verse spirituelle Kraft freisetzen soll, halfen die tausendmal wiederholten Handgriffe beim Pfeifenstopfen dem Detektiv, seine Gedanken auf eine Sache zu fokussieren. Das Ritual endete in einer blauen Rauchwolke, die aus dem Pfeifenkopf aufstieg. Er zog zweimal kräftig am Mundstück und blies Rauchkringel in die Luft, die sich langsam in der Werkstatt auflösten. Für einen Augenblick genoss er die Ruhe und Einsamkeit, die sich in der Werkstatt ausbreitete, doch die Gegenstände auf der Tischplatte erinnerten ihn daran, dass er eine Aufgabe zu bewältigen hatte.

»Also, mal sehen, was die Bilder uns verraten«, murmelte er am Mundstück vorbei und nahm die Kamera in die Hand.

Das Display der Kamera war so klein wie ein Streichholzschächtelchen, was den Einsatz seiner goldenen Lesebrille notwendig machte, die verwegen auf der Nasenspitze saß. Geduldig begann er die Bilder durchzusehen. Marlowe nutzte die Zeit und flatterte mal in die eine und mal in die andere Ecke, um die Werkstatt zu erkunden. Als ihm langweilig wurde, flog er zu Tristan und landete auf der Tischplatte. Die beiden Kellnerblöcke wurden auf den Boden geweht, was dem Detektiv gar nicht gefiel.

»Hey, was soll das«, schimpfte er, doch Marlowe begann schon sein Gefieder zu reinigen.

Tristan hob die Blöcke auf und wollte sie auf den Tisch zurücklegen, als er innehielt und sie dann lieber zurück in einer der Strickjackentaschen verstaute. Marlowe mochte es zu sehr, an Papier herumzuknabbern. Mittlerweile hatte er die Bildreihe vom Empfang durchgesehen und sehnte sich nach einer Pause. Einen Augenblick sah er Marlowe zu, wie der auf der Tischplatte die Balance zu halten versuchte, während er seinen Schwanz säuberte. Dann blies er einen gewaltigen Rauchkringel in die Luft.

»Es hilft nichts«, seufzte der Detektiv und wandte sich wieder der Kamera zu.

Wieder öffnete er ein Foto, das die ankommenden Gäste zeigte, wie sie aus dem SUV stiegen. Joline hatte sich eine Choreografie der Aufnahmen ausgedacht, die immer gleich ablief. Zuerst hatte sie die Gäste beim Aussteigen fotografiert, was bei dem beginnenden Schneetreiben und manch langem Abendkleid nicht wirklich elegant aussah. Danach folgte ein Foto mit dem Gastgeber vor der Karibik-Bar. Auch das Motiv wirkte schräg, passten doch festliche Anzüge und Abendkleider nicht so ganz zu einer Karibik-Deko, bei der man mehr an Bikini und

Bermudahose dachte. Ab und zu mischte sich eine Aufnahme dazwischen, die Gäste dabei zeigte, wie sie ihre Mäntel und Jacken ablegten. Die besseren Aufnahmen zeigten Herren, wie sie ihren eleganten Begleitungen aus den Wintermänteln halfen. Eines dieser Fotos ließ Tristans graue Zellen Alarm schlagen. Es zeigte ein Pärchen, das wie alle anderen perfekt gestylt war, dessen männlicher Teil jedoch einen Schal trug, den Tristan schon mal gesehen hatte.

»Mensch, der gleicht Robbies Schal«, sagte er aufgeregt. »Sollte Pfeiffer den Schal verwechselt haben?«

Tristan suchte nach einem Bild von Robbie bei der Ankunft.

»Ja, es ist der gleiche Schal«, murmelte er. »Wenn das ...«

Er sprach den Satz nicht zu Ende. Langsam legte er die Kamera beiseite und zog die beiden Kellnerblöcke aus der Jackentasche. Tristan las seine Notizen, die er mal vor den anderen und mal im Geheimen gemacht hatte. Sie warfen Fragen auf, die er jetzt in den leeren Block schrieb.

Die erste Frage lautete: Wer wusste etwas von Eddas Krankheit? Die zweite lautete: Wer kennt die Wirkung von GHB? Es folgte: Wie konnte der Mörder das Medikament entwenden? Und zum Schluss: Wer von den Anwesenden war zum Zeitpunkt des Überfalls von Holzbaum allein?

Diese Frage wollte er als Erstes klären. Nachdem Robbie nicht mehr der Hauptverdächtige war und Benno zum Zeitpunkt des Überfalles mit Joline Schnee wegräumte, blieben als Verdächtige übrig: Viktor Deichmann und Tyrion Haberland.

Tristan blickte auf die Kamera und dachte nach.

»Holzbaum wurde um Mitternacht angegriffen. Wenn ich alle Bilder, die um diesen Zeitraum aufgenommen wurden, durchsehe, dann müsste eine Person fehlen«, murmelte er. »Aber das kann dauern, außerdem will ich nachsehen, ob die anderen beiden Verdächtigten die Wahrheit sagten.«

Er blickte auf den Block, in dem er notiert hatte, wo sich die Betreffenden aufgehalten haben wollten. Viktor behauptete, eine Zigarre geraucht zu haben, Haberland hatte sich die Füße vertreten und Coco verließ das Forsthaus zu dem Zeitpunkt, als Holzbaum angegriffen wurde.

»Ich werde Erich bitten, die Bilder durchzusehen. Wenn er keine Aufnahmen von dieser Person mit dem identischen Schal findet, dann haben wir unseren Mörder«, sagte er zu sich, nahm einen tiefen Zug aus seiner Pfeife und blies einen weiteren Kringel in die Luft. Zu Marlowe sprach er: »Auf, wir gehen zurück ins Forsthaus.«

Marlowe sträubte seinen Kamm und krächzte: »Und der Rauch der Zigarette / kräuselt sich und steigt zur Decke, / und da oben wird er breiter.«

»Na, das nenn ich heiter«, grinste Tristan.

2

Erich saß allein an einem Tisch in der Kaffeestube und döste vor sich hin. Helga sortierte in der Küche leere Tupperdosen und verstaute sie in Taschen, mit denen am Abend zuvor Tristan und Erich das vorbereitete Essen hineingetragen hatten. Anne war zurück aus dem Waldlandhaus und half Helga. Die Wirtin hatte ihren Angestellten freigegeben, was diese nutzten, um sich ebenso auszuruhen. Sie hatten sich an dem Tisch der Chauffeure versammelt und versuchten ein wenig die Augen zu schließen.

Der Detektiv betrat durch den Hintereingang die Kaffeestube. Marlowe blieb auf Tristans Schulter sitzen und begann mit dem Kopf zu wippen.

»Keine Angst«, beruhigte Tristan sein Haustier. »Hier droht keine Gefahr.«

Marlowe sah das anders und behielt alle Menschen im Raum im Auge. Der Detektiv setzte sich zu Erich, der müde die Augen öffnete.

»Was gibt es?« fragte der Diakon, während Tristan die Kamera auf den Tisch legte.

»Ich bräuchte deine Hilfe«, erklärte Tristan. »Hier auf der Kamera sind Fotos vom Empfang und der Festgesellschaft.«

Der Diakon nickte und richtete sich auf.

»Während ich die Alibis von Viktor und Haberland überprüfe, solltest du Fotos untersuchen, die um Mitternacht aufgenommen wurden«, begann der Detektiv.

»Okay, nach was soll ich genau suchen?« hakte Erich nach.

Tristan fasste seine Überlegungen zusammen, wonach Erich nach jemanden suchen sollte, den er hoffentlich nicht abgelichtet auf einem Foto, das um Mitternacht entstanden war, fand.

»Wenn diese Person aber auf einem Foto erscheint, das um Mitternacht geschossen wurde, dann ist deine Theorie hinfällig. Habe ich das richtig verstanden?« Erich sah seinen Freund nachdenklich an.

»Wollen wir hoffen, dass dies nicht geschieht«, raunte Tristan. »Ich werde mich jetzt um die Alibis kümmern. Und mit Haberlands Alibi fange ich an.«

Er deutete auf Anne. Haberland hatte betont, dass ihn Anne gesehen haben musste, als er sich die Füße vertrat. Tristan stand auf und ging in die Küche.

»Frau Mühlberger, kann ich Sie kurz sprechen?« fragte er.

»Um was geht es?« Anne legte eine leere Tupperbox beiseite.

»Ich überprüfe ein paar Aussagen«, begann der Detektiv. »Sie stehen im Zusammenhang mit den Mordermittlungen.«

»Hat die Polizei nicht Robbie Schungel festgenommen«, antwortete Anne. »Damit müsste der Fall doch geklärt sein?«

»Nun, so sicher ist das nicht«, erklärte Tristan.

»So sicher? Ist Robbie also nicht der Täter?« Anne sah den Detektiv verwirrt an.

»Es bestehen Zweifel«, seufzte Tristan. »Deshalb kläre ich noch ein paar offene Fragen, bei deren Beantwortung Sie mir helfen können.«

»Okay, was wollen Sie wissen«, nickte Anne.

»Kanzler Haberland behauptet, sich die Füße um Mitternacht vertreten zu haben«, begann Tristan. »Er sagt zudem, dass Sie ihn dabei gesehen haben. Stimmt das?«

»Ja, der Mann schlich um das Waldlandhaus«, erklärte Anne. »Er trug diese Halbschuhe. Kein Schuhwerk, um durch den Schnee zu gehen. Deshalb blieb er dicht an der Wand des Hauses. Keine Ahnung, was den Mann dazu bewegt hat!«

»Sind Sie sicher, dass es um Mitternacht war?« Tristan sah Anne ernst an.

»Ja, ich bin mit Benno Weigel rübergegangen, um die Teller für die Nachtssuppe aufzustellen, da habe ich ihn irgendwann beim Hin und Her zwischen Forsthaus und Waldlandhaus gesehen«, antwortete sie.

»Danke, Frau Mühlberger, das hilft mir weiter«, nickte der Detektiv.

Tristan blickte zu Erich, der fleißig die Bilder durchsah.

»Erich, würdest du nochmals auf Marlowe aufpassen? Ich muss jetzt nach draußen.«

»Ich kann aber für nichts garantieren«, schnaufte der Diakon, ohne von dem kleinen Display der Kamera aufzuschauen.

»Das geht in Ordnung«, meinte Tristan.

»Wenn er noch mal so ein Chaos anstellt, kommt er nicht mehr hier rein!« warnte unterdessen Anne.

»Wird er nicht«, beruhigte der Detektiv die Wirtin.

»Na, mal sehen«, raunte Anne und half Helga, die restlichen Tupperboxen einzupacken.

Tristan wollte Marlowe bei Erich absetzen, doch der Kakadu wehrte sich. Immer wieder hackte er auf die Hand ein, die ihn von der Schulter nehmen wollte. Doch schließlich gab er auf und setzte sich auf eine Stuhllehne, gleich neben Erich.

Tristan zog seine Strickjacke am Kragen zusammen und verließ erneut das Forsthaus. Dieses Mal ging er durch den Haupteingang nach draußen. Aus dem silbernen Streifen am Horizont wurde eine helle neblige Morgendämmerung. Der aufklarende Himmel brachte schneidende Kälte mit sich. Auf dem frischen Schnee bildete sich eine dünne Eisdecke, die bei jedem Schritt mit einem knirschenden Geräusch einbrach. Die in der Nacht entstandenen Schneepfade vereisten und wurden gefährlich glatt. Der Detektiv trat vorsichtig auf und bewegte sich langsam auf das Waldlandhaus zu.

Viktor hatte behauptet, eine Zigarre geraucht zu haben. Um Mitternacht hatte der Sturm am heftigsten gewütet, also musste der Jungunternehmer eine Ecke gefunden haben, die so windgeschützt lag, dass ihm die Zigarrenglut nicht ausgeblasen wurde.

Tristan blieb einige Meter vor dem Waldlandhaus stehen und sah sich um. Das trübe Dämmerungslicht half ihm ein wenig dabei, die Lage zu sondieren. Er suchte nach Schneeverwehungen – oder besser gesagt, nach der Abwesenheit derselben. Rechts am Haus vorbei entdeckte er einen Stapel Brennholz, der gut eineinhalb Meter hoch war. Vor dem Holzstapel türmte sich der Schnee fast genauso hoch. Doch zwischen Hauswand und Holzstapel befand sich ein schmaler Durchgang. Ein kleines Schild wies auf das Hirschgehege hin, das hinter dem Forsthausgelände angelegt war.

»Das sieht doch vielversprechend aus«, murmelte der Detektiv und ging auf den Holzstapel zu.

Mit der LED-Lampe seines Handys leuchtete er den schmalen Durchgang aus. Er stellte sich als ein Pfad heraus, der vom eingeschneiten Grillplatz am Waldlandhaus vorbei zum Hirschgehege führte. Allerdings war dieser Pfad nach dem Wintersturm nur noch bis zum Ende der Giebelwand zu begehen. Die gefallenen Schneemassen türmten sich einen Meter hoch auf. Da Tristan nicht vorhatte, bis zum Gehege zu gehen, begann er auf dem Boden nach einem Zigarrenstummel zu suchen. Ihn hatte bis zum Betreten des Durchgangs die Sorge begleitet, dass womöglich Viktor die Zigarrenreste unauffindbar weit weggeschnipst hatte. Doch als er nun zwischen dem hohen Holzstapel und der Giebelwand stand, stellte sich die Sorge als unberechtigt heraus. Viktor hätte gegen den Wind schnipsen müssen. Das macht niemand, der nicht vom eigenen Zigarrenstummel seinen Mantel versengt bekommen will. Der Detektiv sah sich nochmals um und ahnte, wo er suchen musste.

Er richtete seine Handy-Taschenlampe auf den Boden und bückte sich. Hinter ihm knirschte der Schnee, doch Tristan war abgelenkt. Er fand einige Sohlenabdrücke und folgte ihnen. Am Ende der Giebelwand, dort wo die Schneeverwehung besonders hoch war, weckte ein dunkler Fleck seine Neugier.

Die Eiseskälte hatte die Verwehung mehrfach einfrieren lassen, sodass der Stummel nicht im Schnee versank. Vorsichtig legte er die Überreste der Zigarre frei, während sich von hinten jemand näherte.

Als die Schritte nicht mehr zu überhören waren, drehte sich Tristan um und leuchtete mit seiner Lampe dem Ankömmling direkt ins Gesicht.

»Mensch, Tristan! Mach das Licht aus!« schimpfte Flender.

»Was schleichst du dich *auch* so an«, entgegnete der Detektiv.

»Was machst du hier?«

»Ich sichere Beweise«, antwortete Tristan und deutete auf den Zigarrenstummel.

3

Während Tristan nach dem weggeworfenen Zigarrenstummel fahndete, klickte sich Erich durch einen Bilderschwall, der immer die gleichen gut gelaunten Gesichter zeigte. Einzig die von Tristan benannte Person fand sich nicht auf den Fotos. Der Diakon hoffte, dass dies auch so blieb, als Helga ihm ein Stück Torte mit einer Kuchengabel auf den Tisch stellte.

Marlowe wurde neugierig und sträubte seinen Kamm.

»Na, du willst auch was?« sagte Helga und stellte eine offene Dose mit Keksen neben die Torte. Der Kakadu kannte diese Dose, da Helga sie des Öfteren mit Plätzchen befüllte, um sie dann Marlowe anzubieten. Der Kakadu zögerte keinen Augenblick und flatterte von Erichs Schulter hinab auf die Tischplatte. Das Tortenstück konnte Erich gerade noch retten, bevor es von den Flügelschlägen zerfleddert worden wäre. Marlowe steckte seinen Schnabel in die Dose und zog einen Keks heraus. Danach war der schlaue Vogel beschäftigt.

»Und, was gefunden?« fragte Helga und setzte sich neben Erich.

»Zum Glück nicht«, antwortete der Diakon.

Helga runzelte die Stirn und Erich erklärte ihr, dass er einen Beweis für die Abwesenheit einer bestimmten Person von der Festgesellschaft suchte und er deshalb jetzt kein Foto gebrauchen konnte, das die betreffende Person zeigte.

»Ich habe die Bilder, die um Mitternacht aufgenommen wurden, fast durchgesehen«, sagte Erich und nahm die Kuchengabel in die Hand. »Von diesem kleinen Display bekommt man noch den grauen Star.«

Er legte die Kamera neben eine Kaffeekanne und probierte die Torte.

»Und, wie schmeckt sie?« fragte Helga. »Ich habe sie nach einem alten Rezept gebacken.«

»Köstlich«, nickte Erich. »Davon darf man nur nicht zu viel essen.«

Helga grinste und meinte: »Bei deiner Größe kannst du noch ein paar Pfund vertragen, bevor man dich dick nennen würde.«

Die Tür wurde aufgestoßen und Tristan, trat gefolgt von Flender, in die Kaffeestube.

»Da werde ich mal noch zwei Stücke holen«, sagte Helga zu Erich und stand auf.

»Sie müssen nicht meinetwegen gehen«, rief Flender.

»Tue ich nicht«, antwortete Helga, »aber wenn ich sitzen bleibe, kann ich Ihnen nichts von der Torte anbieten.« Sie deutete zu Erich.

»Die ist jetzt genau das Richtige«, murmelte dieser mit vollem Mund und goss sich eine Tasse Kaffee ein.

Tristan und Flender setzten sich neben den Diakon und ignorierten Marlowe, der eine Krümelorgie veranstaltete.

»Ich war erfolgreich«, strahlte der Detektiv. »Alle Angaben der beiden Verdächtigen wurden bestätigt.«

»Ich war bis jetzt auch erfolgreich«, antwortete Erich und fügte besorgt an: »Aber ganz durch bin ich noch nicht.«

Helga kam mit zwei Tortenstückchen zurück.

»Hier, eine kleine Stärkung«, lächelte sie. »Der Zuckerschock dürfte Energie freisetzen.«

»Danke, Frau Bottenberg«, sagte Flender und sein Blick verriet, dass er dem Stück nicht abgeneigt schien.

»Ich hole noch zwei Tassen.« Sie verschwand nochmals hinter der Theke.

»Kannst du diese Tüte hier aufbewahren«, bat Tristan und reichte Erich den eingetüteten Zigarrenstummel.

»Woher hast du die Plastiktüte?« wunderte sich der Diakon.

»Die habe ich aus Pfeiffers Dienstauto«, erklärte Flender.

Erich nickte und aß den Rest seines Tortenstückchens auf. Helga kam mit zwei Tassen zurück und setzte sich neben ihren Freund.

»Willst du nichts?« fragte Tristan besorgt seine Freundin.

»Danke, nein«, antwortete Helga. »Ich habe den ganzen Abend immer mal wieder was von dem Essen probiert. Ich bin so satt, dass nichts mehr reinpasst.« Sie rieb sich über den Bauch.

»Dein Kakadu scheint das anders zu sehen«, bemerkte Flender und probierte die Torte. »Hmm«, summte er.

Für einen Augenblick waren Mord und Mörder ganz weit weg. Die drei genossen die Stille in der Kaffeestube und sprachen kein Wort.

Als der Kuchen aufgegessen war, klopfte Tristan leise auf den Tisch und sagte: »Jetzt muss ich mit Edda sprechen.«

»Was willst du von ihr?« fragte Flender.

»Wir müssen herausbekommen, ob ihr etwas von dem Medikament fehlt«, erklärte der Detektiv und streckte sich.

»Kann man sich das GHB nicht anderswo besorgen?« Helga sah ihren Freund skeptisch an.

»Ja, natürlich«, antwortete Tristan nachdenklich. »Wollen wir hoffen, dass Edda etwas von dem Medikament vermisst. Sollte das nicht der Fall sein, dann wird es schwierig. – Mensch, ich könnte eine Massage gebrauchen!«

»Tristan, jetzt nicht schwächeln«, frotzelte Flender und schlug vor: »Soll ich Affolderbach anfunken? Er könnte sich schlaumachen, wo man GHB in Siegen illegal kaufen kann.«

»Ich bezweifle, dass wir das bis zum Sonnenaufgang geklärt bekommen«, seufzte Tristan und stand auf. »Hören wir uns erst mal an, was Edda zu sagen hat.«

Der Polizeidirektor blieb sitzen. Er blickte auf die Tischplatte, als wäre er hypnotisiert, dann sagte er: »Mensch, Tristan, ich kenne das Motiv des Täters!«

Die Worte sprudelten nur so aus ihm heraus, als er seine Überlegungen darlegte.

»Das passt alles zusammen«, musste der Detektiv zugeben, »aber beweisen können wir es noch nicht.«

»Ich sehe mir die letzten Bilder noch an«, sagte Erich, angespornt durch die Wendung, »dann komme ich rüber.«

»Helga, begleitest du Erich?« bat Tristan. »Und nehmt Marlowe mit.«

Der Detektiv verschwand zusammen mit Flender durch den Haupteingang. Helga deckte den Tisch ab, während Erich erneut die Kamera in die Hand nahm.

»Oh nein«, stöhnte er plötzlich auf.

»Was ist?« rief Helga.

»Ich hab die Person gefunden«, antwortete Erich und drückte auf einen der vielen Bedienungsknöpfe. »Mist! Helga, weißt du, wie man das Bild vergrößern kann.«

»Warte, ich komme!«

Sie stellte schnell das Geschirr in der Küche ab und eilte dann zurück zu Erich. Zuerst sah sie sich die Kamera an.

»Von dem Hersteller habe ich ein anderes Modell«, murmelte sie und drückte einen der Knöpfe auf der Rückseite. »Na, geht doch. Was willst du genau nachsehen?«

»Zuerst, wann genau ist das Bild aufgenommen worden?« fragte der Diakon.

Helga drückte einen anderen Knopf und antwortete: »Um 0:22 Uhr.«

»Gut, dann passt es noch«, stöhnte Erich erleichtert auf. »Kannst du etwas Auffälliges auf dem Bild erkennen?«

Helga zoomte das Bild größer und deutete auf einen Ausschnitt. »Meinst du so was hier?«

»Oh, ja, das wird Tristan gefallen«, grinste Erich. »Wir sollten rübergehen.«

»In Ordnung, aber lass Tristan noch etwas Zeit, diese Edda zu befragen«, schlug Helga vor.

»Ja gerne, wenn du noch ein Stück von dieser Torte hättest?« lächelte Erich.

4

Die Gäste musterten den Detektiv skeptisch, als Tristan zusammen mit Flender den Festsaal betrat. Die Chauffeure saßen immer noch an der Bar und die Menge des Alkoholkonsums ließ sich an der erhöhten Lautstärke messen. Die beiden Ermittler ignorierten die fragenden Blicke und gingen direkt auf Edda zu.

»Wir müssen dich sprechen«, sagte Flender freundlich. »Möglichst allein.«

Die Unternehmergattin schaute sich um und sagte: »Wo sollen wir hier ungestört reden können?«

»Da gibt es die kleine Küche, am Ende des Saals«, sagte Tristan.

Edda nickte und folgte den beiden.

»Alles in Ordnung?« fragte Alfons, der seine Frau neugierig ansah.

»Ja, ja, die Herren wollen allein mit mir sprechen«, antwortete sie, sodass der ganze Saal es mitbekam.

Sie gingen in die kleine Küche und Flender scheuchte diejenigen weg, die sich zu nahe am Eingang aufhielten. Als sie sicher waren, dass niemand ihnen zuhören konnte, platzte Tristan, ohne auf weitere Höflichkeiten zu achten, mit seiner Frage heraus: »Frau Deichmann, Sie nehmen ein Mittel gegen Ihre Schlafkrankheit?«

»Ja, das ist korrekt«, nickte Edda.

»Das Mittel heißt „Xyrem“ und ist in Fläschchen abgefüllt?«

»Ja, das ist auch korrekt«, bestätigte sie.

»Ist Ihnen in den letzten Tagen etwas von dem Medikament abhandengekommen?« Der Detektiv sprach eindringlich, während er Edda beobachtete.

»Wie meinen Sie das?« wunderte sie sich.

»Edda, wir haben den Verdacht, dass jemand etwas von dem Medikament gestohlen hat«, erklärte Wilhelm.

»Warum sagt ihr das nicht gleich«, schnaufte die alte Dame. »Ja, mir fehlt ein Fläschchen. Bis gerade eben dachte ich, dass ich es aufgebraucht habe, aber ich war mir nicht sicher. Wenn ihr aber glaubt, dass mir was gestohlen sein könnte, dann ja!«

»Seit wann vermisst du es?« fragte Flender.

»Oh, seit heute Abend«, antwortete Edda nachdenklich, korrigierte sich aber. »Nein, wir haben ja schon Samstag, also seit gestern Abend. Ich wollte es mit auf die Feier nehmen, fand es aber nicht. Da dachte ich, dass die Haushälterin es vielleicht entsorgt hätte. Wenn ihr mich nicht danach gefragt hättet, hätte ich mir weiter keine Gedanken gemacht. Zum Glück hatte ich noch ein geschlossenes Fläschchen zu Hause.«

»Wo bewahren Sie das Medikament auf?« Tristan nahm seinen Kellnerblock heraus.

»In der Kommode im Schlafzimmer«, antwortete sie.

»Wer hat Zugang zu diesem Zimmer?« Flender sah sie eindringlich an. »Das ist jetzt sehr wichtig, Edda.«

»Natürlich mein Mann und die Kinder«, erwiderte sie überrascht.

»Sonst niemand?« wunderte sich Tristan.

Man sah ihr an, dass sie überlegte, dann meinte sie: »Neben dem Schlafzimmer haben wir einen Raum, der früher als Büro genutzt wurde, heute aber mehr als Lese- und Pokerzimmer dient.«

Edda nannte einige Personen, die des Öfteren mit Alfons das Zimmer nutzten. Bei einem Namen reagierten Tristan und Flender.

»Das Rätsel löst sich langsam auf«, sagte der Detektiv zufrieden und fragte: »Frau Deichmann, dürfte ich Ihre Krankheit vor der Festgesellschaft erwähnen?«

»Wenn es hilft, den Mörder zu überführen, ja, gerne«, antwortete sie entschlossen.

»Danke, Edda, bitte sag im Moment zu niemandem ein Wort«, warnte der Polizeidirektor.

Edda nickte und ging langsam aus der Küche zurück in den Saal.

»Haben wir jetzt genug Beweise?« fragte Flender den Detektiv.

»Echt jetzt!« Tristan schüttelte den Kopf. »Das sind bis jetzt nur Indizien. Wir werden wohl kaum das fehlende Fläschchen bei unserer verdächtigten Person finden!«

Doch während sein Mund noch die Worte formulierte, begannen seine grauen Zellen zu arbeiten. ›War es möglich, dass die gesuchte Person das Fläschchen noch nicht entsorgt hat?‹

Einen Augenblick später wurde es laut im Festsaal. Die beiden verließen die Küche und sahen Erich, der zusammen mit Helga auf sie zukam. Marlowe flatterte in Kreisen über die Gäste, was den plötzlichen Lärm erklärte.

»Ich habe was gefunden«, berichtete Erich leise, als er Tristan und Flender erreichte. »Schau selbst.«

Er zeigte das betreffende Foto.

»Das gibt es doch nicht«, brummte Flender und fragte: »Was zeigt uns das Foto genau?«

Der Detektiv glotzte den Polizeidirektor an, als hätte er einen Schlaganfall, fasste sich jedoch schnell wieder und erklärte, was das Foto für die Ermittlungen bedeutete.

»Dann haben wir jetzt alles, um diese niederträchtige Person zu überführen?« triumphierte Flender.

»Leider nein«, stöhnte Tristan und bremste damit Flenders aufkommende Freude. »Wir haben immer noch nur Indizien, keine richtigen Beweise.«

»Und was machen wir jetzt?« fragte Flender empört.

»Wir bluffen und hoffen, dass es ein Geständnis gibt«, sagte Tristan entschlossen.

»Na, die Beteiligten sind ja schon alle versammelt«, meinte Erich und deutete auf die Festgesellschaft.

5

Flender übernahm die Moderation und sorgte bei den Gästen für Aufmerksamkeit. Was in diesem Fall sehr schnell ging, da die meisten nach Unterhaltung gierten. Tristan rief sein Haustier zu sich. Was ein erneutes Raunen auslöste und damit den Shutdown zu seinen Ermittlungen einleitete.

»Wir haben Ihnen etwas mitzuteilen«, begann Flender und seine kräftige Stimme drang durch den Saal. »Wir haben nach der Festnahme von Robbie Schungel weiter ermittelt.«

»Dann war er es nicht!« rief Benno dazwischen.

»Nein, es war nicht Robbie, wenn du den Mord an Nils Nolte andeuten willst«, knurrte Flender. »Bitte, lassen Sie Zwischenrufe, dann klärt sich die Situation schnell und von ganz allein.«

»Weglaufen geht ja sowieso nicht«, warf Joline ein.

Die anderen lachten.

»Bitte, Tristan, übernimm«, bat Flender.

»Wieso macht das jetzt der Privatschnüffler«, rief Hermann Schungel. »Hat er den Fall gelöst?«

»Wir haben zusammen den Fall gelöst«, antwortete Tristan laut. »Aber in der Tat sind mir durch glückliche Umstände ein paar Hinweise aufgefallen, die der Polizei verborgen blieben. Aber ich kann Ihnen versichern, dass ohne die Mitwirkung von Polizeidirektor Flender und seinen Kommissaren der Mord an Nils Nolte nicht aufgeklärt worden wäre.«

»Mann, wann beginnen Sie mit dem interessanten Teil«, maulte Tyrion Haberland.

»Immer schön nacheinander, Kanzler«, erwiderte der Detektiv. »Fangen wir vorne an. Das heißt, als die Feier losging und man sich den Alkohol schmecken ließ. In dieser Zeit hat der Mörder Nils' Whiskyglas vergiftet. Nils' plötzliches Verhalten deutete allerdings nicht auf eine Vergiftung, sondern darauf hin, dass er zu schnell und zuviel getrunken hatte. Sein torkelnder Gang entsprach dem eines Betrunkenen. Als er sich erbrechen musste, floh er nach draußen, dort fiel er in Ohnmacht und erfror.«

»Sie haben uns noch nicht mitgeteilt, was für ein Gift da eigentlich im Spiel war«, brummte Alfons.

»Das wird noch aufgeklärt werden«, sagte Flender zu seinem Freund.

Der Unternehmer nickte, was der Detektiv als Aufforderung verstand weiterzumachen.

»Einige von Ihnen haben mitbekommen, dass Joline, Erich Roth und ich nach Nils suchten und ihn schließlich auch fanden. Leider war er da bereits verstorben. Coco Müller hat zwar noch versucht, ihn zu reanimieren, doch es war zu spät.

Damit wäre eigentlich die Geschichte beendet gewesen. Denn zu diesem Zeitpunkt gingen weder die Polizei noch ich von einem Verbrechen aus. Wäre da nicht mein schlaues und auch manchmal sehr nerviges Haustier gewesen. Der Mörder beging den Fehler, das vergiftete Whiskyglas nicht zu entsorgen. So gelangte es in die Kaffeestube, wo es von Marlowe entdeckt wurde.

Ich will nicht sagen, dass der weiße Racker hier auf meiner Schulter ein Säufer ist, aber ein Glas Whisky sollte man nicht unbeaufsichtigt in seiner Nähe stehen lassen. In diesem Fall war es ein Glücksfall, denn das Gift im Glas ließ Marlowe nach ein paar Zügen besoffen werden.

Sie müssen wissen, dass Vögel eine viel größere Menge an Alkohol vertragen können als Menschen. Daher wunderte ich mich, dass die zwei, drei Schlucke eine solche Reaktion auslösten. Zum Glück bekam Coco Müller diese Situation mit und hatte eine Eingebung.«

Tristan sah zu Alfons und sagte: »Herr Deichmann, jetzt kommen wir zu dem Gift, das verwendet wurde.

Coco hatte die Vermutung, dass man K.o.-Tropfen in Nils' Glas gegeben hatte.

Sie haben bestimmt schon mal von diesen Tropfen gehört. Sie werden auch Vergewaltigungstropfen genannt. Da Coco als Sozialarbeiterin bereits mit Personen in Kontakt gekommen ist, die diese scheußlichen Tropfen untergeschoben bekamen, war sie gut informiert. Zu meinem Erstaunen hatte sie sogar einen Test dabei, mit dem man diese Tropfen in einer Flüssigkeit nachweisen kann. So konnten wir sehr schnell feststellen, dass in der Tat K.o.-Tropfen benutzt wurden.«

Die Gäste sahen sich verdutzt an und begannen zu tuscheln.

»Bitte, bleiben Sie weiter ruhig«, forderte Flender sie auf.

»Diese K.o.-Tropfen bestehen aus Gamma-Hydroxybuttersäure, kurz GHB genannt. Diese Substanz wird in der Medizin bei Narkolepsie und den damit verbundenen Kataplexien eingesetzt.«

Tristan blickte zu Edda, die nickte.

»Wir haben uns natürlich gefragt, woher der Mörder diese Tropfen hatte. Doch Coco half bei den Ermittlungen zum zweiten Mal. Sie fand heraus, dass Edda Deichmann an Narkolepsie erkrankt ist und „Xyrem“ einnimmt, das aus Natrium-GHB besteht. Uns war schnell klar, dass der Mörder dieses Medikament benutzt haben musste.«

»Mensch, Edda, davon wussten wir ja nichts«, sagte Paula Schungel mitfühlend.

Auch Kanzler Tyrion Haberland setzte eine bedauernde Miene auf. Es gab wieder Getuschel, doch als Tristan seinen Bericht fortführte, verstummten die Stimmen.

»Wir hatten jetzt das Gift und eine Erklärung, woher es kam. Dann wurde Hauptkommissar Holzbaum im Keller des Forsthauses überfallen. Der Mörder wurde dabei gestört, wie er das Kühlhaus lahmlegen wollte. Es stellte sich heraus, dass sich das GHB in der Leiche bei normalen Temperaturen abbaut. Um dies zu verhindern hatten wir die Leiche ins Kühlhaus gebracht. Der Mörder wollte das Kühlhaus abschalten und so Beweise vernichten.

Allerdings hat er uns dadurch einen Ermittlungsansatz gegeben. Wir begannen zu recherchieren, wo jeder Einzelne von Ihnen zum Zeitpunkt des Überfalles war. So wurde schließlich Robbie Schungel als Tatverdächtiger festgestellt. Ein Motiv gab es auch, denn wie alle Welt erwartet hätte, wurde nicht er als Geschäftsführer des Familienbetriebs benannt, sondern Nils Nolte. Eifersucht ist ein starkes Motiv. Doch wie sich herausstellte, will Robbie gar nicht in die Geschäftsleitung einsteigen. Er steht bereits sehr erfolgreich auf eigenen Beinen.«

Tristan nickte Robbie zu, der nutzte die Pause um zu sagen: »Herr Irle hat recht, ich bin Künstler. Und viele von Ihnen haben schon meine Skulpturen gesehen oder sogar schon gekauft. Ich arbeite unter dem Künstlernamen *De Jong*.«

»Die Eulen-Skulptur ist von dir?« wunderte sich Coco. »Sie ist großartig.«

»Welche meinst du?« hakte Robbie nach, doch Tristan ging dazwischen.

»Die Frage nach dem Motiv stellte sich uns natürlich als Erstes«, er atmete tief ein. »Da waren Robbie Schungel und auch Benno Weigel. Das Motiv von Benno Weigel verlor jedoch an Stärke, als wir sein Projekt, den Wald zu bewässern, genauer unter die Lupe nahmen. Er machte uns auch deutlich, dass man wegen einer Finanzierungsablehnung keinen Menschen umbringen würde.

Wir suchten weiter und Polizeidirektor Flender stieß auf ein Projekt, das mit den Ausbauplänen der Universität Siegen auf Kollisionskurs ist.

Das Projekt wird von Viktor Deichmann und Coco Müller noch im Verborgenen betrieben. Es sieht vor, in der Friedrichstraße Sozialwohnungen zu bauen. Genau dort, wo die Uni Siegen den *Campus Unteres Schloss Nord* einrichten will. Ein zentrales Gebäude für beide Interessierten wollte Nils an die Uni verkaufen.«

»Ja, das ist jetzt hinfällig«, mischte sich Haberland ein, »da seine Schwester das Grundstück erbt.«

»Richtig, und das ergab ein Motiv«, nickte Tristan. »Allerdings ist es unwahrscheinlich, dass ein Unternehmer wegen eines Sozialprojektes einen Mord begehen würde. Deshalb ließ Flender Kommissar Affolderbach ermitteln und wir fanden heraus, dass Coco Müller ein mögliches Motiv haben könnte.«

»Was?!« riefen ein Dutzend Leute. »Hat sie euch nicht geholfen! Sie, eine Mörderin?«

»Jetzt, beruhigt euch!« polterte Flender laut. »Hört zu!«

»Jeder der Coco kennenlernt und ein wenig Menschenkenntnis hat, der weist diesen Gedanken von sich«, sagte Tristan laut. »Coco eine Mörderin! Nein! Sie konnte schließlich die aufkommenden Verdächtigungen entkräften.«

»Ja und?« Hermann Schungel sah in die Runde. »Bin ich der Einzige oder seht ihr auch, dass der Mann uns veralbern will! Erst zählt er mögliche Verdächtige auf, um sie dann alle wieder aus dem Spiel zu nehmen. Mensch, Irle, wer ist denn nun der Mörder!«

»Das ist Emil Daub«, antwortete Tristan ruhig und laut. »Nils' und Beas Vetter!«

6

Die Gäste verstummten. Emil machte sich klein und versuchte hinter seiner Freundin zu verschwinden. Doch Coco, die genauso perplex dreinschaute wie der Rest der Festgesellschaft, trat einen Schritt von ihrem Freund weg.

»Ist das wahr, Emil?« fragte sie und ihre Stimme zitterte.

»Das ist doch alles Humbug«, antwortete Emil. »Wieso sollte ich meinen Vetter umbringen!«

»Weil er das Gebäude verkaufen wollte, in dem Sie Ihre Praxis haben«, antwortete Tristan.

»Ich kann mir überall andere Räume mieten«, erwiderte er. »Deshalb bringe ich doch keinen Menschen um. Ich will die Menschen heilen.«

»Ist das wirklich so? Ich denke eher nein!« Tristans Worte klangen hart und unnachgiebig. »Da die Uni alle leer stehenden Gebäude in der Innenstadt entlang der Friedrichstraße aufkauft, sind Geschäftsräume in der Innenstadt knapp geworden. Sie müssten aus der City heraus und dann verlieren Sie einen Standortvorteil. Zudem nehme ich an, dass Sie einen besonderen Familienrabatt erhalten. Eine preisgünstige Miete werden Sie von einem neuen Vermieter nicht erhalten. Bei der Konkurrenz, die sich auf dem Markt tummelt, bestand die berechtigte Sorge, pleite zu gehen, wenn Sie Ihre Praxis dichtmachen müssten, um anderswo neu anzufangen.«

Tristan sah den Physiotherapeuten an.

Emil streckte sich und antwortete selbstgefällig: »Alles Humbug!«

»Sparen Sie sich Ihr Gehabe«, knurrte Flender und gab Pfeiffer ein Zeichen. Der Hauptkommissar verstand nicht, was sein Chef von ihm wollte.

Er war wie die anderen auch fasziniert von den Wendungen.

»Sie denken, das sei Humbug«, schimpfte Tristan. »Dann sehen Sie sich mal dieses Foto an! Es wurde von Joline bei Ihrer Ankunft geschossen. Es zeigt Sie mit einem roten Schal, der dem von Robbie ähnelt.«

Gerne hätte Tristan das Bild auf einer großen Leinwand gezeigt, doch das Display der Kamera musste genügen.

Flender brachte den konfiszierten Schal, den er zuvor neben dem DJ abgelegt hatte.

»Wir dachten, dass es sich bei dem gefundenen Schal um den von Robbies handelte. Doch wenn man sich das Foto genau ansieht, was bei dem kleinen Display schwierig aber nicht unmöglich ist, dann erkennt man an Ihrem Schal eine feine grüne Naht. Die fehlt bei Robbies Schal und weil sie leicht zu übersehen ist, hat Robbie den Schal fälschlicherweise als seinen erkannt.«

»So ein Quatsch, ich habe den Schal unten bei meinem Mantel«, erwiderte Emil selbstbewusst.

»Das werden wir gleich klären, denn es gibt noch ein zweites Foto, das Sie belastet«, antwortete Tristan. »Es zeigt Sie mit nassen Hosenbeinen gegen halb eins gestern Nacht, kurz vorher wurde Holzbaum überfallen. Da durch das ständige Hin und Her zwischen dem Forsthaus und dem Waldlandhaus zwei Pfade getrampelt wurden, nässte man sich auf diesen Wegen die Hose nicht ein. Nur jemand, der durch den tiefen

Schnee gegangen ist, um eine Fensterscheibe einzuschlagen, die in den Keller des Forsthauses führt, nässt sich die Hosenbeine so ein.«

Emil erwiderte nichts. Er presste die Lippen aufeinander und starrte den Detektiv wütend an.

»Kommen wir zu dem Schal zurück.« Tristan deutete auf Flender, der das Beweisstück in der Hand hielt. »Dieser Schal besitzt die gleiche grüne Naht wie auf dem Foto. Außerdem hat er ein kleines Loch in der Mitte. Ich denke, wenn Holzbaum Ihren angeblichen Schal von unten heraufholt, wird sich das schnell klären. Ist es nicht vielmehr so, dass Sie sich Robbies Schal angeeignet haben, nachdem Sie feststellten, dass Sie Ihren verloren hatten?«

Emil schwieg und atmete tief ein, dann meinte er: »Woher soll ich denn von dem Verkauf des Gebäudes erfahren haben? Nils ist damit ja nicht hausen gegangen.«

»Sie haben das von Kanzler Haberland erfahren«, antwortete Tristan. »Er ist ein Patient von Ihnen. Sicherlich hat er Sie gefragt, wohin Sie ziehen würden, wenn das Gebäude der Uni gehörte.«

»Das ist korrekt«, sagte Haberland, »das habe ich ihn bei der letzten Sitzung gefragt.«

»Und bevor Sie den nächsten Beweis auch wieder leugnen«, Tristan sah den Mann verächtlich an, »stehen Sie endlich zu Ihrer Tat.«

Emil dachte nach, man sah es in seinem Gesicht, wie er die Argumente durch seine Gehirnwindungen wälzte. Schließlich grinste er und meinte: »Alles Indizien. Keine Beweise! Woher sollte ich denn das GHB haben?«

»Sie massieren Alfons Deichmann in seiner privaten Wohnung. Stimmt das, Herr Deichmann?« Tristan sah den Unternehmer an.

»Ja, zweimal die Woche, gestern Nachmittag war er das letzte Mal bei uns, kurz bevor wir uns für die Feier fertiggemacht haben«, antwortete Alfons.

»Finden die Sitzungen in dem Raum neben Ihrem Schlafzimmer statt?« hakte der Detektiv nach.

»Ja, das tun sie«, nickte Alfons. »Das ist unser Pokerzimmer.«

»Es wäre also für Sie möglich gewesen, aus dem Nebenzimmer Eddas Medikament zu stehlen«, erklärte Tristan, »und von Ihrer Freundin wussten Sie, wie das Zeug wirkt.«

»Deshalb hast du dich so interessiert gezeigt, als ich den Test mit nach Hause brachte!« Coco schüttelte den Kopf. »Ich kenne dich gar nicht mehr!«

»Wir haben das Foto mit Zeitstempel, das Sie mit nassen Hosenbeinen zeigt. Es wurde kurz nach dem Überfall auf Hauptkommissar Holzbaum aufgenommen. Außerdem werden wir sicherlich Ihre DNA an dem Schal sicherstellen können, den Herrn Flender uns zeigte, und den Sie nicht als Ihren bezeichnen. Das, Herr Daub, sind keine Indizien, sondern Beweise.« Tristan ließ die Worte wirken, dann fragte er aggressiv: »Wo haben Sie das Fläschchen mit Xyrem versteckt?«

Das war der schwierigste Moment der Inszenierung. Tristan hoffte, dass Emil sich durch einen Blick verraten würde. Flender und Tristan waren gemeinsam der Auffassung, dass er das Fläschchen nicht einfach weggeworfen hatte. Das Medikament war zu selten und hätte beim Fund des Fläschchens sicherlich Fragen aufgeworfen. Nein, die beiden waren überzeugt, dass er das Beweismittel nach der Feier weit weg vom Tatort entsorgen wollte. Also war die logische Schlussfolgerung, dass das Medikament noch vor Ort sein musste und zwar in der Nähe, sodass Emil es im Blick behalten konnte, um einzuschreiten, sollte es entdeckt werden.

Emil blickte eine Sekunde zum Eingang der Küche, dann wieder zu Tristan. Flender hatte den Blick ebenfalls wahrgenommen und marschierte los.

»Was machen Sie da?« rief Emil, der spürte, dass er sich verraten hatte.

»Bleiben Sie stehen!« warnte Pfeiffer und zückte seine Handschellen.

Der Täter wurde festgenommen. Tristan folgte Flender und zusammen durchsuchten sie die Küche. Schließlich fanden sie zwischen Gewürzfläschchen das Medikament. Vorsichtig sicherte Flender das Beweisstück und strahlte anschließend über das ganze Gesicht.

»Hier werden wir sicherlich Fingerabdrücke finden, die dem Mörder gehören«, sagte der Polizeidirektor stolz.

»Und wenn er Handschuhe getragen hat?« warf Haberland ein, der den beiden gefolgt war.

»Lieber Kanzler, Ihnen ist nicht in den Sinn gekommen, dass jemand mit Handschuhen unter den Gästen aufgefallen wäre?« erwiderte Flender.

»Abgesehen davon«, warf Tristan ein, »ist der Verschluss gesichert. Mit einer Hand lässt er sich nicht öffnen. Man benötigt zwei Hände dazu. Mal schnell einen Handschuh oder ein Tuch zu verwenden, um seine Fingerabdrücke zu verhindern, wäre sicherlich aufgefallen. Vergessen wir nicht, dass es schnell gehen musste, das Mittel ins Glas zu kippen. Handschuhe – nein, da hätte man ja gleich ein Schild umhängen können, worauf stand: Hallo, ich bin ein Mörder.«

7. Die ersten Sonnenstrahlen …

Samstagmorgen

Die ersten Sonnenstrahlen funkelten auf der gefrorenen Schneedecke. Tristan und Flender standen vor dem Waldlandhaus und blickten zu der aufgehenden Sonne. Ein klarer Morgen kündigte sich an. Vom Wintersturm blieb eine verzauberte Landschaft übrig. Der Detektiv paffte an seiner Pfeife, während Flender ein Glas Whisky in der Hand hielt.

»Auf einen erfolgreich gelösten Fall«, sagte Flender und nippte an dem Glas.

»Prost«, murmelte der Detektiv.

»Wie schön doch das Rothaargebirge ist«, raunte der Polizeidirektor.

»Wunderschön«, bestätigte Tristan. »Es könnte nur etwas wärmer sein.«

»Quatsch, der Klimawandel wird in Zukunft solche Winterstürme unmöglich machen«, antwortete Flender. »Benno hat mit seiner Idee, den Wald zu bewässern, gar nicht so unrecht.«

»Neulich las ich im Generalanzeiger, dass man nach Standorten für eine Talsperre suche. Der Landrat hat das Wasserproblem erkannt.« Tristan schüttelte den Kopf. »Es ist verrückt, wie sich die Zeiten ändern.«

Die Glastür hinter ihnen wurde geöffnet und Alfons Deichmann trat zusammen mit Herman Schungel heraus.

»Wilhelm, was hast du mit unseren Chauffeuren angerichtet«, schimpfte Alfons. »Die sind alle betrunken. Und wie kommen wir jetzt nach Hause? Es gibt einige von uns, die sind echt mitgenommen.«

»Sorry, Alfons, aber ich musste verhindern, dass hier jemand den Ort verlässt. Wir kommen hier schon weg«, antwortete Flender, ohne ein schlechtes Gewissen zu haben.

»Sie sollten ein schlechtes Gewissen haben«, maulte Hermann verärgert. »Sie haben meinen Sohn verdächtigt.«

»Das tut mir leid«, antwortete Flender, »aber die Indizien sprachen gegen Ihren Sohn.«

»Zum Glück hatten Sie die richtige Hilfe«, erwiderte Hermann. »Danke, Herr Irle, dass Sie den Fall aufgelöst haben.«

Flender presste die Lippen fest zusammen.

»Was wird jetzt aus Ihrem Unternehmen?« fragte Tristan den Bauunternehmer.

»Robbie scheint für das Geschäft verloren zu sein«, stöhnte Hermann. »Ich werde erst mal selbst weitermachen und wir sehen dann, was kommt.«

»Ist eigentlich die Polizei informiert?« fragte Alfons.

Das brachte Flender zum Lachen. »Ich bin die Polizei!«

»Mensch, du weißt genau, was ich meine«, erwiderte Alfons.

»Ja, der Polizeiapparat ist in Bewegung«, erklärte Flender. »Ich habe die Zentrale über Funk informiert. Sie schicken Leute.«

»Dann sind die Straßen wieder frei? Das wäre eine gute Nachricht, wären unsere Chauffeure nicht betrunken.« Alfons zog sich in das Waldlandhaus zurück.

»Sie könnten doch selbst fahren«, schlug Tristan vor.

»Die Wagen sind gemietet«, antwortete Flender.

»Lass mich raten, mit Chauffeuren«, sagte Tristan.

»Ja«, nickte Flender.

Helga trat um die Ecke des Forsthauses und rief: »Tristan, wir könnten Hilfe beim Einladen gebrauchen!«

»Komme gleich«, antwortete der Detektiv.

»Ich werde nochmals über Bennos Idee nachdenken«, sagte Alfons nachdenklich. »Diese Nacht hat mir gezeigt, dass verrückte Ideen nicht das Schlechteste sind.«

»Da stimme ich dir zu«, nickte Hermann, »das könnten ein paar lukrative Aufträge werden.«

»Wilhelm, was ich mich frage«, sagte Alfons nachdenklich, »woher wusste der Schuft, wo er den Sicherungskasten fand?«

»Tristan, willst du die Frage beantworten«, bat Flender, der keine Ahnung hatte, was er seinem Freund hätte antworten sollen.

»Gerne«, lächelte der Detektiv und erklärte: »Es gibt eine Infotafel im Flur des Forsthauses. Dort sind alle Räume und Fluchtwege aufgezeichnet. Auch der Raum mit dem Sicherungskasten ist vermerkt.«

»So einfach!« staunte Alfons.

Flender und Tristan nickten.

Viktor trat zu ihnen und hielt eine Zigarre in der Hand.

»Fang dir jetzt nicht das Paffen an«, warnte sein Vater.

»Nein, aber ich brauche etwas zur Beruhigung«, antwortete Viktor. »Wenn ich gewusst hätte, dass Robbie ein Künstler ist, dann …«

»... dann was?« hakte Flender nach.

»Dann hätte ich vielleicht eine Verbindung gefunden«, antwortete Viktor.

»So?« Tristan wurde neugierig.

»Mir kam die Statue in der Kaffeestube sofort bekannt vor, aber ich wusste sie nicht richtig einzuordnen«, erklärte Viktor. »Als mir schließlich einfiel, wo ich jeweils eine Holzfigur von *De Jong* gesehen habe, machte es nicht Klick.«

»Was versprichst du dir davon, wenn es Klick gemacht hätte?« fragte Alfons.

»Dann wäre Robbie die Verhaftung erspart geblieben und Emil wäre vielleicht schneller in den Fokus der Ermittlungen geraten«, meinte Viktor nachdenklich.

»Junge, ich war es, der die Verbindung zwischen Opfer und Täter bemerkte«, brummte Flender.

»Ja, und das will auch keiner unterschlagen«, antwortete der Detektiv.

»Tristan, wo bleibst du!« rief Helga erneut.

»Ich komme«, rief er zurück und ging.

Ein Dankeschön …

… an alle, die mir bei diesem Buch geholfen haben. Im Besonderen möchte ich mich bei Helmut Ahlborn und Wolfgang Neuser vom Verein Waldland Hohenroth und dem ehemaligen Leiter des Regionalforstamtes Siegen-Wittgenstein, Diethard Altrogge, für ihre Hilfe bedanken.

Darüber hinaus haben sich Marlis Klein und Rebecca El Djabri um das Manuskript gekümmert. Anja Georg und Ralph Rottler sorgten als konstruktive Kritiker für den nötigen Feinschliff der Geschichte.

Auch jenen, die hinter den Kulissen am Werk waren, um aus dem Manuskript ein Buch zu machen, gilt mein besonderer Dank.

In der Tristan-Irle-Reihe bereits erschienen:

Tristan Irle und der Rubensmord (1991)

Eigentlich sollen die Feierlichkeiten zum 350. Todestag von Peter Paul Rubens friedlich und ohne größeres Aufsehen in der Stadt Siegen gefeiert werden. Doch das ändert sich schlagartig, als man eine Leiche im Vorhof des Oberen Schlosses findet. Privatdetektiv Irle übernimmt den Fall und muss bald feststellen, dass mehr hinter dem Fall zu stecken scheint, als es vordergründig aussieht.

Tristan Irle – Eine Leiche auf der HTS (1992)

Friedlich bereiten sich die Bewohner des Siegerlandes auf das Weihnachtsfest vor. Doch plötzlich wird die festliche Ruhe gestört, als man eine Leiche im Schnee begraben findet. Tristan Irle übernimmt die Aufklärung des mysteriösen Mordes. Dabei verfängt er sich in einem Netz von Intrigen, Bestechungen und Lügen.

Tristan Irle – Mord Pur (1993)

KulturPur – seit Jahren ein Begriff für ein Fest der besonderen Art. Tristan Irle gönnt sich ein paar Tage Urlaub auf dem Giller und trifft dort Pensionsbesitzerin Helga Bottenberg. – Eine Frau, in die er sich verlieben könnte? Beschaulichkeit bestimmt den Tag, bis ein hinterhältiger Anschlag die Idylle zerstört.

Tristan Irle – Die Abseitsfalle (1994)

Die Damenmannschaft des SC Siegen hat es wieder geschafft. Sie steht im Endspiel um die deutsche Meisterschaft. Doch dann verunglückt auf mysteriöse Weise ein Mitglied des Vereins. War es Mord? Diese Frage soll Tristan Irle klären. Voller Tatendrang stürzt er sich ins Spiel. Doch das Spiel ist nicht fair, und er durchschaut die heimtückische Abseitsfalle.

Tristan Irle – Das sexte Gebot (1995)

Seit Tagen ziehen Regenschauer über das Siegerland. In dicke Regenjacken gehüllt, gehen die Menschen ihren Geschäften nach. Plötzlich erschüttert des Nachts eine fürchterliche Autoexplosion die Stadt. Es gibt einen Toten. Zur gleichen Zeit findet Tristan Irle ein Findelkind in der Marienkirche. Die Polizei steht vor einem Rätsel. Haben beide Ereignisse etwas miteinander zu tun?

Tristan Irle und das Rathauskomplott (1996)

Weihnachtsmarkt in Siegen. Es ist der Beginn der Adventszeit. Plötzlich erschüttert ein fürchterlicher Fund auf dem Weihnachtsmarkt die Gemüter. Schockiert schalten sich Staatsanwaltschaft und Polizei ein. Ihnen eine Nasenlänge voraus ist eine junge Journalistin. Sie vermutet Verbindungen zum Rathaus und bittet Detektiv Tristan Irle um Hilfe. Machenschaften allerorts und der kommunale Filz drohen schließlich die Ermittlungen fast zu ersticken.

Tristan Irle – Der Braumeister (1997)

Der junge Braumeister Roland Eichbaum hat die Idee seines Lebens. Er möchte Bier in Asien brauen. Die Verhandlungen sind in vollem Gange, als plötzlich ein Mord die Bierbrauer der Region erschüttert. Bis Tristan Irle durch die trübe Suppe von Verdächtigungen eine klare Spur findet, muss er so manches Glas Bier leeren, und nicht selten beginnt die Recherche mit einem lauten: Prost! Und da ist dann auch noch ein geheimnisvoller Chiffrierschlüssel, der Tristans Ermittlungen behindert.

Tristan Irle – Gegen den Strich (1998)

Die kleine Großstadt Siegen steht im Fokus der Weltöffentlichkeit. Im Medien- und Kulturzentrum laufen die letzten Vorbereitungen auf Hochtouren für eine ganz besondere Ausstellung, als ein Siegener Künstler zu Tode kommt. Tristan Irle beginnt seine Ermittlungen, was Künstlern und anderen Kreativen gegen den Strich geht. Dann muss Irle feststellen, dass die Kunstszene genauso schillernd ist wie eine Malpalette.

Tristan Irle – Tödliche Doktorspiele (1999)

Im Arzt-Gelöbnis steht: »Ich werde meinen Beruf mit Gewissenhaftigkeit und Würde ausüben. Die Erhaltung und Wiederherstellung der Gesundheit meiner Patienten soll oberstes Gebot meines Handelns sein.« Diesen Satz haben auch die Ärzte in einem Krankenhaus in Siegen gelobt. Doch eines Morgens findet man eine tote Patientin. Und wie sich herausstellt, wurde sie falsch behandelt. Chefarzt Dr. med. Killian steht plötzlich unter Mordverdacht, doch er behauptet, unschuldig zu sein. Privatdetektiv Tristan Irle wird eingeschaltet, um den mysteriösen Todesfall zu untersuchen. Ihm gegenüber eine Schar weißer Kittel, die alle etwas zu verbergen scheinen.

Tristan Irle – Siegener Maskerade (2000)

Schriftsteller Raffael Leich trifft sich im Geheimen mit dem persönlichen Referenten des Bürgermeisters. Ein mysteriöses Bild wechselt den Besitzer, dann fallen plötzlich Schüsse. Raffael kann fliehen. Tags darauf wird Privatdetektiv Tristan Irle eingeschaltet, um zu ermitteln. Zur gleichen Zeit bereitet der Anwalt Hallenberger eine Millionen-Spende für die Stadt Siegen vor, um mit dem Geld das Projekt Apollo-Theater zu finanzieren. Steht der Mord etwa mit dem Theaterprojekt in Verbindung? Welche Rolle spielen Schriftsteller Raffael Leich und der Bürgermeister? Und da ist da noch das geheimnisvolle Bild. Im Buch enthalten: ein ausklappbarer Abzug des mysteriösen Bildes.

Tristan Irle – Eisenhart (2001)

Die Stadtkasse – so ausgetrocknet wie ein afrikanisches Wadi – treibt Stadtkämmerer Goldmann den Schweiß auf die Stirn. Sein Chef, der Bürgermeister, eröffnet unterdessen ein neues Museum und weiß selbst nicht so recht, wie er die anstehenden finanziellen Probleme lösen soll. Tristan Irle, Privatdetektiv, ist an diesem Tag einer Einladung auf das Segelfluggelände nahe der Stadt gefolgt. Dort muss er einen schrecklichen Unfall mit ansehen. Der Detektiv beginnt zu ermitteln und dabei entpuppt sich die scheinbar eingeschworene Fliegergemeinschaft als lebensgefährliche Bedrohung für Tristan und seine Freunde.

Tristan Irle – Die Fürstenjagd (2002)

Es ist Jagdsaison im Wald des Fürsten zu Widerstein. Allerlei Prominenz aus dem Ausland trifft sich nahe Bad Berleburg in einem Forsthaus, um zusammen mit Fürst Siegfried dem Wild auf die Pelle zu rücken. Vom Jagdfieber gepackt, verteilen sich die Herrschaften im Wald. Schüsse fallen und plötzlich ertönen Jagdhörner. Wenig später wird die Jagd abgebrochen, denn im Wald liegt ein Toter. Tristan Irle, Privatdetektiv, als Treiber bei der Jagd dabei, übernimmt die Ermittlungen. Die stellen sich als äußerst schwierig heraus. Die Jagdgäste aus höchsten adeligen Kreisen schweigen, bis die Beweislast immer erdrückender wird.

Tristan Irle – Lokalzeit (2003)

Die Journalisten des regionalen Fernsehsenders sind ein eingespieltes Team. Erhöhter Stress gehört bei ihrem Job zum Alltag,

und da bringt es den verantwortlichen Fernsehredakteur nicht sonderlich aus der Ruhe, als ein Übertragungswagen für die aktuelle Stunde liegen bleibt. Doch als vor laufender Kamera jemand stirbt, da liegen plötzlich bei allen Beteiligten die Nerven blank. Noch ahnt keiner, dass dies der Auftakt zu einer unheimlichen Mordserie ist.
Tristan Irle, Privatdetektiv, übernimmt die Ermittlungen. Und die führen ihn überraschend zu einem großen schwedischen Möbelhaus, dessen Ansiedlung zum Interessenkonflikt mächtiger Parteien geführt hat. Schließlich drängt sich dem Detektiv die Frage auf: Hat das Rathaus etwas mit dem Mord zu schaffen?

Tristan Irle – Baum fällt! (2004)

Die heimische Politprominenz ist hocherfreut. Der brasilianische Botschafter besucht anlässlich einer Fürst-Johann-Moritz-Ausstellung die Region. Eine gute Gelegenheit die Gäste aus Übersee in den Wald einzuladen, um uralte Haubergstradition zu vermitteln. Der Botschafter ist begeistert. Weniger enthusiastisch zeigen sich die Kuratoriumsmitglieder der Ausstellung sowie die verantwortlichen Historiker, allen voran die Rektorin der Universität. Und dann endet der Ausflug für einen Gast auf mysteriöse Weise tödlich.
Tristan Irle, Privatdetektiv, beginnt zu ermitteln. Bald stellt er fest, dass die feine Gesellschaft der Ausstellungsmacher ihre eigenen dubiosen Ziele verfolgt. Und schließlich gerät der Privatdetektiv ins Schussfeld, denn im Hintergrund agiert noch der Geheimdienst …

Tristan Irle – Die zitternden Tenöre (2005)

Der Männergesangverein *„Pro Patria"* steht vor einer großen Herausforderung. Zusammen mit dem engagierten Chorleiter Gottfried Kunze möchten die Mitglieder nach 100-jährigem Bestehen endlich den Status „Meisterchor" erlangen. Sie proben, bis ihre Stimmbänder zittern, doch dann geschieht während der Probenpause ein Mord. Chorleiter und Erster Vorsitzender sind sich einig, dass dieses hinterhältige Attentat nur einer aufklären kann. Sie engagieren den Privatdetektiv Tristan Irle.
Die Tenöre verfolgen misstrauisch Tristans Ermittlungen. Je mehr der Detektiv in ein klebriges Geflecht aus Intrigen dringt, desto gefährlicher wird es für ihn. Und dann stellt sich plötzlich heraus, dass das Opfer einen berühmten Verwandten hat.

Tristan Irle – Der Killersteig (2006)

An einem herrlichen Spätsommertag trifft sich eine Gruppe Polizisten, um zusammen mit Staatsanwalt und Landrat über einen Teil des berühmten „Rothaarsteigs" zu wandern. Mit Rucksack und Wanderschuhen ausgerüstet beginnt die Wanderung im Süden des Kreisgebietes Siegen-Wittgenstein. Doch schon bei der ersten Übernachtung kommt es zu einem tragischen Zwischenfall.

Tristan Irle, Privatdetektiv, erhält kurz darauf einen geheimnisvollen Anruf, der ihn dazu bewegt, sich der Gruppe am nächsten Tag anzuschließen. Schon bald muss er feststellen, dass nicht alle in der Gruppe so freundlich sind, wie sie vordergründig vorgeben. Als es erneut zu einem Zwischenfall kommt, ahnt der Detektiv, dass ein Mörder unter ihnen weilt.

Tristan Irle – Locht ein! (2007)

Große Aufregung unter den Golfern im Kreisgebiet. Am Vorabend der Clubmeisterschaft findet man einen Toten auf dem Golfplatz und das mitten im Wasserhindernis. Keiner kann sich so richtig erklären, wie dieser scheinbare Unfall vonstatten ging, und zum Erstaunen von Privatdetektiv Tristan Irle hält sich die Trauer um das verstorbene Clubmitglied in Grenzen.

Als der Detektiv die Ermittlungen übernimmt, kommen Hinweise zutage, die auf Mord deuten. Tristan Irle beginnt Fragen zu stellen, die erheblich mehr Aufregung erzeugen als der Start der Clubmeisterschaft. Besonders der Clubpräsident und der Spielführer fühlen sich belästigt, dann findet Irle die Tatwaffe …

Tristan Irle hat Lampenfieber (2008)

Intendant Wolferl Wanderschmied hat sich für den Saisonbeginn etwas Großes ausgedacht. Eine prächtig inszenierte, romantische Komödie mit jungen Schauspieltalenten und alten Hasen soll das Publikum zum Lachen verführen. Dummerweise überlebt einer der jungen Schauspieler die Generalprobe nicht, was eine Kette von Ereignissen auslöst, die sich Intendant Wolferl so nicht für seine Inszenierung vorgestellt hat.

Zum Glück gehört Privatdetektiv Tristan Irle zur Schauspieltruppe. Er übernimmt die Ermittlungen. Jetzt zeigt Tristan sein wahres Talent und stöbert Intrigen auf, was ihn ins Rampenlicht führt. Doch auf den Brettern, die die Welt bedeuten, ist manches nicht so, wie es scheint, und Tristan weiß, der Mörder beobachtet die Szene ganz genau.

Tristan Irle und der Grabräuber (2009)

Ein mitternächtlicher Anruf lockt Tristan Irle, Privatdetektiv, auf den städtischen Friedhof. Etwas Ungeheuerliches ist dort geschehen – Grabschändung und Mord. Das Opfer, der Grabschänder selbst. Eine verwirrende Situation, die nicht klarer wird, als sich herausstellt, dass im geschändeten Grab ein Freimaurer liegt.

Dann klopft Lena Lamberti, eine junge Historikerin, an Tristans Haustür und behauptet Unglaubliches. Sie hat Hinweise gefunden, die zu einem geheimnisvollen Artefakt führen, das im Kreisgebiet versteckt sein soll. Zusammen gehen sie einer Spur nach, die weit in die Zeit zurückreicht, immer auf der Hut vor einem Mörder, der ihnen im Nacken sitzt.

Tristan Irle – Wo ist Marlowe? (2010)

Der NRW-Tag steht in Siegen kurz bevor. In der ganzen Stadt ist man damit beschäftigt, die nötigen Stände und Buden aufzubauen, da findet man im Oberen Schloss eine Leiche. Wenig später wird Privatdetektiv Tristan Irle zum Tatort gerufen und ein Unbekannter, der sich van Veen nennt, droht mit einem Bombenanschlag.

Das Innenministerium sowie die örtliche Polizei ist auf das Äußerste alarmiert, doch das Fest absagen will keiner.

Tristan Irle begibt sich zusammen mit ein paar Freunden auf die Suche nach dem Täter. Die Offiziellen sehen jedoch al-Qaida am Werk und ziehen ihre Kräfte zusammen. Zu allem Überfluss ist Marlowe, Tristans Kakadu, verschwunden.

Tristan Irle – Der Bienenstich (2011)

Die Eisenstraße, eine tausend Jahre alte Straße im Kreisgebiet, ist in einem desaströsen Zustand. Die Bürger des kleinen Ortes Lützel wollen die kilometerlangen Risse in der Asphaltdecke und die tiefen Schlaglöcher nicht mehr hinnehmen. Sie beschließen, etwas zu unternehmen, allen voran Paul Nöll, Ortsvorsteher und leidenschaftlicher Imker.

Zur selben Zeit genießt Privatdetektiv Tristan Irle ein paar ruhige Tage in der Pension seiner Freundin unweit des Dorfes auf dem Giller. Doch mit der Ruhe ist es schlagartig vorbei, als ein mysteriöser Todesfall die kleine Dorfgemeinde erschüttert. Politiker und Dorfbewohner sehen die publicityträchtige Aktion plötzlich gefährdet. Keine guten Voraussetzungen für die anlaufende Ermittlung, die sich wie Honig dahinzieht. Und da gibt es noch Bienen, die stechen.

Tristan Irle serviert kalte Platte (2012)

Der Abriss der sogenannten Siegplatte steht kurz bevor. Siegens Bürgermeister und andere Honoratioren versammeln sich auf der Platte, um den Abriss feierlich freizugeben. Ein mächtiger Hydraulikmeißel beginnt seine Arbeit, doch kaum hat der Meißel die ersten Betonstücke abgeschlagen, da stockt plötzlich die Arbeit.
Zwischen einem Querträger der Betondecke entdecken Arbeiter eine Leiche. Wie kam sie in vier Meter Höhe? Wie starb sie? Wurde sie ermordet? Fragen, die Privatdetektiv Tristan Irle mit Hilfe einer forensischen Pathologin beantworten soll. Bei seinen Ermittlungen findet der Detektiv Hinweise, die ihn zu einem Geldverleiher und Geschäftsleuten führen. Das macht die Verdächtigen nervös und einer schreckt vor weiteren Gewalttaten nicht zurück.

Tristan Irle – Die letzte Filmklappe (2013)

Ein Fernsehkrimi wird in Siegen gedreht. Das mehrköpfige Filmteam hat vor den Burgmauern des Oberen Schlosses sein Lager aufgeschlagen. Zwei der beliebtesten TV-Kommissare des Landes ermitteln im Innenhof des Schlosses, als es am Set einen fürchterlichen Unfall gibt.
Zur selben Zeit findet Privatdetektiv Tristan Irle eine mysteriöse Botschaft auf seiner Türschwelle in Siegens Altstadt. Stehen Unfall und Botschaft in einem Zusammenhang?
Der Detektiv beginnt zu ermitteln, während ein arktischer Schneesturm die Rubensstadt fest im Griff hat. Schon bald stellt Tristan Irle fest, dass er es mit einem Serienkiller zu tun hat, der vor nichts zurückschreckt.

Tristan Irle trifft den Wisent (2014)

Tristan Irle besucht mit seiner Nichte Sara das Wisentgehege nahe Wingeshausen. Sara arbeitet an einem Schulprojekt, das sich mit den riesigen Landtieren befasst. Sie stürzt sich mit der Energie einer überzeugten Teenagerin begeistert auf alles, was mit den Wisenten zu tun hat. Im Gehege angekommen, müssen die beiden erleben, wie einer der Ranger tot aufgefunden wird. Zum Entsetzen aller wird die Leitkuh *Gutelaune** verdächtigt, den Ranger aufgespießt zu haben.
Eine Katastrophe nicht nur für Sara, nein, auch für den Zweiten Vorsitzenden des Trägervereins Otto Otterbach. Der Ex-Landrat kämpft noch mit den Auswirkungen seines Amtsverlustes, da droht plötzlich eines der renommiertesten Naturschutz-

projekte zu scheitern. Nur wenn geklärt werden kann, dass *Gutelaune* nichts mit dem Tod des Rangers zu tun hat, kann die Reputation des Projektes wiederhergestellt werden.
Und es gibt nur einen, der sich gegen zornige Waldbauern, schießwütige Jäger, konkurrierende Ranger und gegen die Wildnis im Rothaargebirge behaupten kann: Detektiv Tristan Irle.
* *Gutelaune* (w), geboren: 8. 4. 2000, Herkunft:
Sielmanns Naturlandschaften Döberitzer Heide.

Tristan Irle – Sturmwind (2015)

Die Energiewende zeigt ihr Gesicht am Horizont des Rothaargebirges. Windmühlen, so hoch wie der Kölner Dom, ragen über die Baumwipfel. Nicht jedem gefällt das. Umweltakti-visten und Windkraftbefürworter tragen einen hitzigen Kampf aus. Dann, eines Morgens, findet man eine Leiche, aufgehängt am Mikado-Brunnen vor dem Rathaus in Siegen. War das eine Botschaft? Unter den Augen des neuen Landrats bildet die Polizei eine Mordkommission. Privatdetektiv Tristan Irle beginnt ebenfalls zu ermitteln. Die Spuren führen zu Windmühlen und Naturschützern, und jeder scheint etwas verbergen zu wollen. Als es zu weiteren tödlichen Zwischenfällen kommt, stellt sich die Frage: Kann man den aufziehenden Sturm noch verhindern?

Tristan Irle – Der Missionsbefehl (2016)

Die „Riewekooche Gäng" hat einen Missionsbefehl: Aufstieg in die 1. Paintball-Bundesliga. Dafür sind die Studenten der Universität Siegen zu allem bereit. Der persönliche Assistent des Landrates hat ebenfalls eine Mission: Möglichst billig ein neues Flüchtlingsheim bauen zu lassen. Dazu muss er zwei konkurrierende Fertighaushersteller in ein Boot bringen. Doch beide Missionen drohen zu scheitern, als der Captain der „Riewekooche Gäng" ermordet wird, der unglücklicherweise der Sohn einer der Fertighaushersteller ist. Privatdetektiv Tristan Irle beginnt zu ermitteln. Er stellt schmerzlich fest, dass Neid und Konkurrenzkampf zerstörerische Züge annehmen können, ausgerechnet dann, wenn Gutes getan werden soll.

Tristan Irle – Der Luther-Anschlag (2017)

Das ganze Land feiert den 500. Jahrestag der Reformation. Im Kreis Siegen-Wittgenstein gedenkt man dieses Ereignisses, indem sich katholische und evangelische Kirchenvertreter zu einem Gedankenaustausch in einem abgelegenen Freizeitlager treffen. Die ehrwürdigen Gottesmänner und -frauen sind jedoch wenig erfreut über den Ausflugsort, den das Erzbistum Paderborn und das Kreiskirchenamt aussuchten. Das Freizeitlager liegt hinter Bad Berleburg im „Niemandsland“. Eigentlich eine gute Voraussetzung, um kontemplativ den Glaubensgrundsätzen beider Konfessionen auf den Grund zu gehen. Wenn da nicht ein Presbyter mit extremen Vorstellungen wäre. Dann geschieht das Unvorstellbare: ein Mord. Das Opfer: ein Protestant. Schnell ist ein Verdächtiger gefunden: ein Katholik. Und als wäre das nicht genug, findet man einen Haufen Flugblätter mit Luthers 62. These, die da lautet: *Der wahre Schatz der Kirche ist das heilige Evangelium der Herrlichkeit und Gnade Gottes.* Die Polizei steht vor einem Mysterium. Der herbeieilende Anwalt aus dem Erzbistum hofft auf Gottes Hilfe, um entlastende Beweise für seinen Glaubensbruder zu finden. Dann beginnt Privatdetektiv Tristan Irle mit seinen Ermittlungen. Er muss bald feststellen, dass auch heute noch theologische Dispute zu tödlichen Fallen werden können.

Tristan Irle – die Killer-OP (2018)

Die Killer-OP- ein Siegerland-Krimi mit Tristan Irle: Was für ein Prestigegewinn! Die Universität Siegen erhält einen Medizinstudiengang und schlappe 6,5 Millionen Euro Fördergelder für die neu geschaffene Lebenswissenschaftliche Fakultät, in der das Medizinstudium integriert ist. Der Rektor der Universität ist sichtlich zufrieden. Die Klinikleiter der drei Siegener Krankenhäuser ebenso. Sie reiben sich die Hände, bekommen sie doch einen Teil des Fördergeldes, um ihre Krankenhäuser für den Lehrbetrieb fit zu machen.
Dann passiert ein Unglück. Ein anerkannter medizinischer Professor kommt bei seiner eigenen Hüft-OP ums Leben. OP-Personal wird beschuldigt Fehler begangen zu haben und schließlich schaltet sich Privatdetektiv Tristan Irle ein. Seine Ermittlungen führen ihn hinter die Kulissen des Krankenhausbetriebs. Schnell wird klar, dass die Ärzte eine verschworene Gemeinschaft bilden. Nur mühsam gräbt der Detektiv Hintergründe und Fakten aus, die er wie kleine Mosaiksteine langsam zu einem Bild zusammenträgt. Was er da erblickt, lässt ihn erschaudern.

Tristan Irle – Das Pferdegrab (2019)

Das große Reitturnier „Die Classics“ steht an. Es herrscht gespannte Vorfreude, besonders bei den Nachwuchsreiterinnen, die für ihre Turnier-Qualifikation das berüchtigte „Pfer-

degrab", ein Hindernis im Parcours, gemeistert haben. Unterdessen beäugen sich die Favoriten kritisch. Sie alle besitzen auffällig gute Springpferde. Jedes dieser Tiere könnte das Turnier gewinnen.
Die Stimmung explodiert, als man einen der Favoriten tot im Stall findet. Schnell sind gegenseitige Beschuldigungen ausgesprochen. Tristan Irle, Privatdetektiv, wird engagiert, um den heimtückischen Mord aufzuklären. Die Ermittlungen führen in Gruben, gegen die ein Misthaufen fast steril erscheint. Dem Detektiv wird einiges abverlangt und bringt ihn zum Schluss in Lebensgefahr.

Nicht jeder der genannten Titel ist immer lieferbar. Vergriffene Titel werden in einem bestimmten Rhythmus wieder aufgelegt. Fragen Sie bitte im Einzelfall bei Ihrem Buchhändler nach, welche Titel lieferbar sind.

Als Hörbücher
in der Tristan-Irle-Reihe erschienen:

Tristan Irle serviert kalte Platte (2012)
Autor Ralf Strackbein liest – 350 min. Laufzeit
Vollständige Ausgabe · ISBN: 978-3-935378-34-5

Tristan Irle – Die letzte Filmklappe (2013)
Radio Siegen liest – 350 min. Laufzeit
Vollständige Ausgabe · ISBN: 978-3-935378-36-9

In der Raphael-Olofsson-Reihe
bereits erschienen:

Der Billy-Code – Mord im schwedischen Möbelhaus (2008)
ISBN: 978-3-935378-19-2

Wolkenmord – 12.000 Meter über Afrika (2012)
ISBN: 978-3-935378-32-1

Das Aschebuch (2014)
ISBN: 978-3-935378-37-6

Die ägyptische Totenbarke (2017)
ISBN: 978-3-935378-41-3

Der Eiskanal (2019)
ISBN: 978-3-935378-44-4